KB263087

김홍신
인생사용설명서

두 번째 이야기

내 삶을 희망으로 가득 채우는 일곱 가지 물음

김홍신

인생 사용 설명서

천 년 동안 내린
빗방울만큼
사랑하소서

단 한 사람의 영혼을 위하여

몇 해 전, 참 곱고 아름다운 여성 피아니스트가 버스에서 내리다 예기치 않은 큰 사고를 당했습니다. 옷자락이 문에 낀 채 버스가 그대로 달려가는 바람에 한참을 끌려가다 오른손을 심하게 다친 것입니다. 그 사고로 결국 그녀는 피아노 건반을 경쾌하게 두드리지 못하게 되었습니다.

실망과 좌절에 빠져 있던 그녀가 어느 날 제게 문자메시지를 보냈습니다. 제 수필집 『인생사용설명서』를 읽고 몇 년 동안 도저히 잊을 수 없었던 그 버스 기사를 용서하기로 결심했다고 하면서요. 그 말에 눈시울이 뜨거워진 저는 얼른 전화를 걸었습니다.

"버스 기사를 용서하는 순간 그대는 천사가 되었습니다. 천사가 우리 곁에 있으니 어찌 행복하지 않겠습니까?"

사랑할 때 분비되는 호르몬 중에 옥시토신이란 것이 있습니다. 아이를 낳을 때 산모가 그 모진 통증을 견디는 것은 옥시토신 때문이라고 합니다. 어머니의 모성본능으로 분비되는 옥시토신은 다른 포유동물에게도 비슷하게 작용합니다. 이렇듯 옥시토신은 마음을 안정시키고 상처를 빨리 낫게 하며 혈압을 조절해 주고 스트레스를 줄여주는 것으로 널리 알려져 있습니다.

어머니가 아이의 배를 쓰다듬어주면 어느새 아픈 게 가시는 것도 옥시토신 때문이라고 합니다. 어루만져주기만 해도 옥시토신의 분비량이 20퍼센트나 늘어난다니 참 신비로운 일입니다.

그런데 사랑할 때 분비되는 옥시토신이나 도파민은 일정 기간이 지나면 사그라진다고 합니다. 평생 동안 쉼 없이 펑펑 쏟아지게 할 수는 없을까요? 영원할 것 같은 마음이 그리 쉽게 변한다니, 우리 인간은 왜 이렇게 변덕스러운 걸까요?

문득 세상에는 사랑할 게 무수히 널려 있다는 생각이 들었습니다. 하늘, 해, 달, 별, 구름 같은 존재나 안개, 바람, 눈과 빗방울 같은 자연 현상뿐 아니라 산과 강, 바다, 새, 꽃과 나무,

풀, 낙엽 등의 자연 그 자체, 아름다운 노래나 젖 물린 어머니의 다사로운 눈빛, 갓난아이의 행복한 옹알이, 가슴을 데우는 시 한 구절, 참으로 근사한 소설 한 편, 작가의 혼이 묻어나는 수필, 목마름을 달래주는 시리도록 찬 샘물 한 모금……. TV 프로그램을 시청하다가 고통 받는 이들의 사연을 접하고 전화 한 통 걸었을 때 스르륵 통장에서 빠져나가는 단돈 2천 원, 그리고 나와 똑같은 마음으로 전화를 거는 시청자들로 인해 멈추지 않고 올라가는 화면 속 모금액의 숫자까지.

사랑할 것들은 이렇게 몇 날 며칠을 나열해도 끝이 없을 것입니다. 사랑은 언젠가 변하겠지만, 많은 것을 사랑한다면 늘 옥시토신이 넘쳐나겠지요.

제 책을 읽고 한 사람의 영혼이 자유롭고 평화로워졌다는 이야기에 가슴이 뿌듯했습니다. 그때, 저는 제 책이 단 한 권만 팔려도 한없이 행복한 일이라고 생각했습니다. 용서와 사랑, 그 모두가 옥시토신을 만들어내는 일이기 때문입니다.

2011년 3월

당장 무엇을 갖고 싶으십니까?

1장

누구나 아는 이야기지만, 젊음은 결코 다시 돌아오지 않습니다. 성공하여 세상에 보탬이 되며 존경받는 사람들에게는 젊은 시절을 잘 활용했다는 공통된 특징이 있습니다. 그들은 콤플렉스를 잘 갈무리했거나 실패를 겪어도 딛고 일어섰지요.

젊은 영혼이
다시 태어난 곳

스무 살 적, 제 영혼은 참으로 궁핍했습니다. 재수 끝에 들어간 대학을 집안 사정으로 어쩔 수 없이 포기하고 고향으로 내려간 저에게 앞날은 깜깜하기만 했습니다. 머릿속엔 온통 앞날에 대한 불길한 생각뿐이어서 점차 좌절의 골짜기로 빠져들 수밖에 없었습니다.

그 시절만 해도 시골에서 대학생은 손가락으로 헤아릴 정도였기에 처음에 얼마나 우쭐해 했는지 모릅니다. 그런데 집을 팔아 빚잔치를 할 만큼 집안이 망했으니, 휴학하지 않을 수 없었습니다. 게다가 복학할 기미도 없는 상황에 군 입대 신체검사 통지서까지 받았습니다.

여름이 되자, 저는 친구 녀석과 함께 배낭을 꾸렸습니다. 애인에게 버림 받은 친구는 자살을 생각할 만큼 고통스러워하던 차였지요. 그 정도가 저보다 덜하진 않은 듯했습니다. 참으로 우울한 두 청춘이 도망치고 싶은 마음에 물어물어 찾아간 곳은 나중에 국립공원으로 승격된 변산반도였습니다.

한시도 쉼 없이 철썩거리는 파도, 그침 없는 아우성, 솟구치고 몰아치고 부딪치고 흩어지고 휘감고 까무러치고 자지러지고 으르렁대다가, 한순간 찰랑거리며 애잔해지고 속살거리고 궁싯거리고 시시덕거리는 바다가 제 혼을 한입에 삼켜버릴 것 같았습니다. 이글거리는 태양도, 달아오른 모래밭도, 거대하고 장엄한 바다도 두렵지 않았습니다. 죽기로 작정하고 달려온 마당에 거칠 것이 무엇이었겠습니까.

그러나 우리는 이틀을 견디지 못하고 텐트를 걷었습니다. 태양이 온몸에 불을 지른 듯했고, 눕거나 엎드릴 수도 없을 만큼 옷자락만 스쳐도 따끔거렸습니다. 잘 벼린 칼과 거칠게 쪼갠 대나무로 온몸을 찌르고 긁은 듯했습니다. 죽을 작정을 했던 우리는 근처 소나무 그늘에 텐트를 치고 약을 바르며 살 궁리를 했습니다. 온몸을 덴 듯한 참기 힘든 고통이 우리의 우울과 분노와 좌절을 조금씩 갉아먹었습니다.

어떤 어부가 우리의 행색을 보고 객지에서 고생하는 자식 생각이 난다며 쌀과 건어물을 챙겨주었습니다. 검게 그을린 얼굴에 웃을 때면 하얀 덧니가 드러나던 사람이었지요.

어부를 따라 기름 먹인 횃불과 양동이를 들고 갯벌로 나섰습니다. 새끼손가락만 한 놈부터 반 주먹만 한 것까지 온통 게 천지였습니다. 어부는 실장갑을 낀 손으로 어찌나 잽싸게 게를 잡는지 그 솜씨가 현란했습니다.

서툴기 짝이 없는 솜씨였지만 우리에게도 제법 게가 잡혀주었습니다. 작은 웅덩이에 갇혀 썰물 때 빠져나가지 못한 물고기도 심심찮게 잡혔습니다. 종아리가 당기고 허리가 아팠지만 재미있었습니다.

게잡이보다 몇 배나 즐거운 것은 어부의 아내가 차려준 밤참이었습니다. 맛깔스러운 무침과 말린 생선에 배가 불러왔고, 목구멍이 싸해지는 소주에 마음이 풀어졌습니다. 어부의 구성진 가락에 흥이 오르고, 죽지 못해 살아왔다는 그의 신세타령에 가슴이 뜨거워졌으며, 무슨 귀신이 달라붙었는지 평생 바다를 떠나지 못하는 팔자가 되었다는 어부 아내의 하소연에 눈물이 솟는 밤이었습니다. 차가운 바닷바람 탓인지 햇볕에 덴 몸이 얼추 식자, 우리는 어부를 따라 바다로 나가 고기를 잡거나 한가할 때면 헤엄을 배우기도 했습니다.

어느 날 밤, 이슥한 시각이 되어 몇 잔 술에 취기가 오른 우리는 여기까지 흘러온 이야기를 꺼내며 죽고 싶은 심정을 털어놓았습니다. 어부는 소리 내어 웃었습니다.

"죽을 작정을 한 놈들이 햇볕에 데었다고 엄살 부리고, 배고프다며 실컷 처먹고, 미쳤다고 수영을 배워? 바다에 빠져 죽을까 봐 기를 쓰고 날 붙잡고 늘어졌는겨? 네놈들 죽었다고 세상이 울고불고 슬퍼할 줄 알어? 죽을 작정한 놈들이 소문내고 죽던가? 얼씨구, 자알 논다!"

우리가 숨죽이며 고개를 들지 못하자, 어부는 내뱉듯 소리를 질렀습니다.

"죽을 작정을 했으면 죽어야지, 가자! 짠물 실컷 마시면 배불러서 배고픈 고기들이 얼싸 좋구나 할 테니, 어서 가자!"

어부는 금방이라도 바다로 끌고 들어갈 기세였습니다. 우리는 잘못했다고 한없이 빌었습니다. 이튿날, 어부는 건어물을 한

보따리씩 안겨주고는 우리를 고향으로 쫓아버렸습니다. 그 여름을 추억으로 간직한 채 저는 우여곡절 끝에 복학해 무사히 대학을 졸업할 수 있었습니다.

　대학 생활의 마지막 겨울 방학, 제가 이끌던 문학 동아리의 후배들과 광화문 찻집에서 시화전을 열었습니다. 여행 경비를 마련하기 위해서였습니다.

　경비를 마련하자 근사한 겨울 바다를 다시 보고 싶어 후배들과 함께 서울역에서 기차를 타고 여수로 달려갔습니다. 여수를 거쳐 태인도에 들렀다가 남해에 가서 금산과 상주해수욕장을 구경하고 부산에 갈 생각이었습니다.

　우리의 야무진 계획이 틀어진 건 순전히 여수의 오동도와 돌산도, 향일암과 그 주변에 펼쳐진 한없이 너른 쪽빛 바다 때문이었습니다. 맛깔스러운 음식과 천하절경, 그리고 매서운 바닷바람에 한잔 걸치지 않고는 못 배길 만큼 입에 쩍 붙는 술, 어딜 가나 후덕한 인심에 반해 주머니 사정을 생각하지 못한 것입니다.

태인도행 배표 넉 장을 미리 사두지 않았으면 거지꼴을 면하지 못할 뻔했습니다. 굳이 태인도를 일정에 넣은 것은 술도가와 만물상을 겸한 대합, 굴, 김 양식장의 주인을 외삼촌으로 둔 후배 녀석 때문이었습니다. 입이 떡 벌어지는 밥상에 술은 무진장으로 마실 수 있었으며 얼추 손바닥만 한 조개와 굴을 맘대로 캐 먹을 수 있으니, 세상에 이런 호강이 어디 있나 싶었지요.

며칠 동안의 호강을 뒤로하고 남해로 달려갔습니다. 남해초등학교 교장인 후배의 아버님은 우리를 참 따뜻하게 맞아주셨고, 남해 특유의 상차림 또한 푸근하고 정겨웠습니다. 금강산을 빼닮았다는 금산은 천태만상의 아름다운 모습을 마음껏 자랑하고 있었습니다.

스님들이 도를 얻기 위해 기도하는 곳으로 널리 알려진 보리암에 오르던 중, 이성계가 나라를 세우게 해달라며 백일기도를 올렸다는 이씨기단(李氏祈壇)을 보았습니다. 그의 절실한 바람이 마음에 와 닿는 듯했습니다.

정상에 올라서니 천하절경인 기암괴석은 제각각 전설을 품었고, 광활하게 펼쳐진 남해가 장엄한 자태를 뽐내고 있었습니다. 보리암의 약수는 한겨울인데도 이가 시리지 않았지요. 소원을 이

뤄주는 영험이 있다고 해서 사람의 발길이 잦은 보리암에서 우리는 야무지게 소원을 빌기도 했습니다.

산에서 내려가는 길에 은모래로 유명한 상주해수욕장에 들렀습니다. 가슴이 꽉 막혔을 때 바다에 가면 뻥 뚫리는 이유를 알 것만 같았습니다. 우리는 그곳에 자리를 잡고 시를 써 바다에 대고 목청을 높여 낭송했습니다. 우리들의 시가 파도와 바람을 타고 남쪽으로 실려갔습니다.

젊은 시절의 추억 탓인지, 가슴이 울적할 때면 강원도 길을 달려 동해, 강릉, 속초의 바다를 질리도록 바라보곤 합니다. 장편소설 마감 때가 되어 글이 막히면 얼른 원고지와 만년필, 사전과 작가 노트만 챙겨 들고 바닷가로 달려가서 마무리를 하기도 했지요.

고마운 어부 내외 덕에 좌절을 견딜 수 있었던 변산반도에서의 추억과 대학 졸업 무렵 남쪽 바다에서 가슴 가득 담아 온 호연지기 때문에 해마다 바다를 찾아가는지도 모릅니다. 그때나 지금이나 바다는 늘 한결 같습니다.

세상사에 치여 힘들 때, 여러분의 가슴을 따뜻하게 보듬어주
는 추억의 장소는 어디인가요?

청춘, 소신 있고 당당한 삶

요즘 인기 있는 TV 프로그램 중에 〈무릎팍도사〉라는 게 있습니다. 한 사람을 두고 다양한 시각으로 그 사람의 삶과 일, 성장 과정, 실패와 성공담을 풀어내어 시청자의 궁금증과 호기심을 충족시키는 프로그램이지요.

얼마 전 제가 그 프로그램에 출연해서 예상 밖의 호응을 얻었습니다. 한참 전에 출연한 〈몰래카메라〉 이후 가장 많은 관심을 받은 것 같습니다. 무엇보다 젊은이들이 즐겨보는 프로그램이라, 그들이 요즘 어떤 것에 갈증을 느끼고 있는지 깨닫는 기회가 되었습니다.

그날 저는 〈무릎팍도사〉를 통해 젊은이들에게 꼭 전하고 싶은 다섯 가지 이야기를 풀어놓았습니다.

첫째, 근사하게 살아야 합니다.

프로그램이 끝날 쯤에 저는 "젊은이라면 근사하게 살아야 할 의무가 있다"라고 말했습니다. 권리는 포기할 수 있지만 의무는 포기할 수 없습니다. 저는 그만큼 젊음을 잘 사용해야 한다는 것을 강조하고 싶었습니다.

누구나 아는 이야기지만, 젊음은 결코 다시 돌아오지 않습니다. 성공하여 세상에 보탬이 되며 존경 받는 사람들에게는 젊은 시절을 잘 활용했다는 공통된 특징이 있습니다. 그들은 콤플렉스를 잘 갈무리했거나 실패를 겪어도 딛고 일어섰지요.

둘째, 인생은 1회용이므로 열정적으로 살아야 한다는 점입니다.

언제든 꺼내 쓰고 버릴 수 있는 1회용 휴지를 꺼내든 저는 "사람은 한 번밖에 못 살기에 살아 있는 동안 열정적으로 살아야 한다"고 말했습니다. 휴지가 단 한 번에 사용자의 마음을 만족시키듯 사람 역시 자신의 목표를 위해 돌진할 수 있어야 합니다. 그때 분출되는 정열은 사람답게 살았다는 증거가 되어줍니다.

경제학의 대가 피터 드러커는 이탈리아의 위대한 작곡가 주세페 베르디가 오페라 〈팔스타프〉를 80세에 작곡했다는 사실을 알고 충격을 받았다고 합니다. 80세라니, 그 이야기를 접할 당시 18세이던 드러커로서는 상상할 수도 없는 나이였겠지요. 베르디는 그토록 정열적으로 인생을 살았던 것입니다.

"그 나이까지 힘들게 작곡할 필요가 있느냐?"는 사람들의 물음에, 베르디는 "끝날 때는 늘 아쉽기에 나는 한 번 더 도전한다"고 답했지요. 그 말에 드러커는 특히 깊은 감명을 받았다고 털어놓은 적이 있습니다.

베르디의 일화는 드러커가 80세에 『새로운 현실』, 84세에 『자본주의 이후의 사회』, 90세에 『21세기 지식경영』, 93세에 『넥스트 소사이어티』 같은 걸작을 남기는 데 원동력이 되어주었을 것입니다.

셋째, 소신 있고 당당한 삶이 존경 받습니다.

제가 쓴 장편 소설 『인간시장』이 대한민국 역사상 최초의 밀리언셀러로 기록된 것은 외압에 굴복하지 않았기에 가능한 일이었다고 생각합니다. 국회의원 시절, 저는 부당하다고 생각되면 당의 명령일지라도 따르지 않았고, 윗사람의 일방적 지시는 거부했습니다. 제 나름의 소신 때문이었지요. 덕분에 의정평가 1위의 국회의원으로 뽑혀 국민들에게 넘치는 사랑을 받았습니다.

소신과 고집은 서로 다릅니다. 소신은 정당하고 온당하며 다수의 이익을 대변하고 불의와 타협하지 않으며 세월이 지나도 정의롭다고 판단되는 것입니다. 그러나 고집은 자신의 이익에 집착하거나 타협하는 것으로, 세월이 흐르면 눈속임으로 드러나곤 합니다.

그러므로 인생을 잘산 사람은 자신만 행복한 것이 아니라 남을 기쁘게 하고 세상에 조금이라도 보탬이 된 사람이라 말할 수 있습니다.

한 예로, 특별한 사정이 없는 한 대한민국 남성은 누구나 병역의 의무가 있습니다. 사회와 동떨어진 생활이라 많은 젊은이들이 당장은 피하고 싶겠지만, 2년여의 군대 생활은 인생 전체를 놓고 보면 참으로 소중한 경험이 되기도 합니다. 국가와 민족을 위해 헌신하는 것은 아름다운 의무이자 자신의 소신을 지키는 일이지요.

전쟁 중에 한 프랑스 군인이 총상으로 한쪽 팔을 잘라내게 되었습니다. 군의관이 "안타깝게도 한쪽 팔을 잃게 됐다"고 전하자, 그 병사는 "팔을 잃은 게 아니라 조국에 바친 것입니다"라고 말했다고 합니다. 군 복무를 기피한 사람들의 눈에는 그 병사가 바보로 보일지 모르겠지만, 그 군인이야말로 오늘의 프랑스를 일군 향기로운 사람입니다.

넷째, 희망의 반대말은 절망이 아니라 굴종입니다.

인간이라면 누구에게나 콤플렉스가 있게 마련입니다. 그러나 중요한 것은, 그러한 열등감을 어떻게 딛고 일어섰냐는 것입니다.

안데르센은 몹시 가난한 집안에서 태어났습니다. 아버지는 술주정뱅이인 데다 어린 안데르센을 몹시 구박했습니다. 게다가 가정 형편도 좋지 못해 어머니가 남의 집 빨래를 해주며 겨우 입에 풀칠이나 할 정도였지요.

훗날 명작을 남긴 대작가로 우뚝 섰을 때, 그는 "내가 처절하게 가난하지 않았다면 『성냥팔이 소녀』를 쓸 수 없었을 것이며, 내가 못생겨서 무수히 놀림을 받지 않았으면 『미운 오리새끼』를 쓸 수 없었을 것이다"라고 말했습니다.

안데르센은 가난과 못생긴 외모에 굴복하지 않았습니다. 모진 열등감을 축복으로 바꿀 수 있었던 것은, 그가 끝까지 희망을 버리지 않았기 때문입니다.

그렇습니다. 마음을 활짝 열면 희망은 공짜로 얻을 수 있습니다. 따로 돈을 들이거나 시간을 쏟거나 무던히 애쓸 필요가 없습니다. 마음만 다져 먹으면 그만입니다.

젊음이 소중한 이유는 희망이 무진장 널린 벌판에 서 있는 시기이기 때문입니다. 그러므로 젊은이들은 당연히 희망을 줍는 수고를 아끼지 말아야 합니다.

다섯째, 자신을 사랑하고 상대방을 사랑하며 세상을 사랑할 줄 알아야 합니다.

무엇보다 먼저, 자신을 사랑해야 합니다. 영혼과 육신의 존귀함은 한도 끝도 없으며, 사람은 한 번밖에 살 수 없는 존재이기 때문입니다. 자신의 존귀함을 인정하는 것은 참으로 근사한 자존심입니다.

자신을 존귀하고 소중하게 여기며, 나를 사랑하듯이 남을 아끼는 일은 인간다운 향기를 뿜어냅니다. 사람만 사랑할 게 아니라 세상에 존재하는 모든 것을 지극히 아껴야만 멋있는 인생입니다. 자신이 존재하기 위해서는 세상 모든 것이 함께 존재해야 합니다. 그러니 자신이 고맙고, 상대방이 고맙고, 세상 모두가 고마운 것입니다.

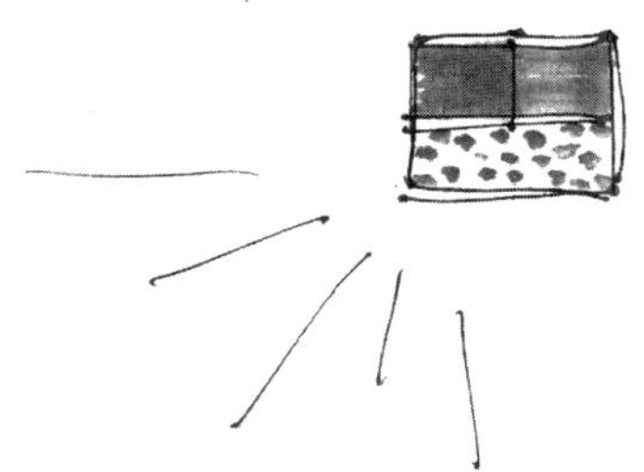

젊음은 결코
다시 돌아오지 않습니다

성공하여 세상에 보탬이 되며 존경 받는 사람들에게는
젊은 시절을 잘 활용했다는 공통된 특징이 있습니다.

영원히 함께할 수 있는
영혼의 친구

한창 청춘을 뽐내던 대학 시절, 한 사내가 등장하여 제 아성을 짓밟기 시작했습니다. 대학가에서 소설을 쓰네, 하며 잘난 척 흰소리를 치고 다니던 제게 그는 강력한 라이벌이었습니다. 그의 첫인상은 단정하고 준수했으며 웃음이 가득하고 여유로웠습니다. 촌에서 기를 쓰고 올라와 아직 촌티를 벗지 못한 제게는 그것 또한 달갑지 않았습니다.

그는 술 잘 마시고 문학 논쟁에서 물러서지 않았으면서도, 인정이 푼푼하고 제법 당찬 기질이어서 좌우를 두루 챙기며 인기를 얻었습니다. 적수의 기를 꺾기 위해 저는 패거리를 동원한 뒤 등산을 제안했고, 그는 기꺼이 동참했습니다.

저는 등산 후의 뒤풀이 자리를 노렸습니다. 소주 돌려 마시기 작전이 효력을 나타냈습니다. 내가 먼저 소주를 한잔 마시고 누군가에게 권하면 그가 다른 사람에게 권하게 하는 것이었는데, 내 의도대로 술잔의 대부분이 그에게 다시 권해졌습니다. 결국 그는 쓰러져 몸을 가누지도 못하는 상태가 되었습니다. 하지만 끝까지 단 한 잔도 거절하지 않던 그의 오기가 지금도 잊히지 않습니다.

몸이 뻣뻣하게 굳어버린 그를 택시에 태워 살림집과 인접한 그의 아버님이 운영하시는 해성한의원으로 데려다 주고 도망치듯 나왔습니다. 그는 며칠 동안 학교에 나오지 않았습니다. 우리들은 모두 겁에 질려 그의 등교를 학수고대했습니다. 며칠 만에 등교한 그는 핼쑥해 보였습니다. 3일이나 누워 있었다고 했습니다. 훗날 그의 어머니는 저를 보면 아들 죽일 뻔한 인간이라며 눈을 흘기곤 하셨지요.

우리의 우정은 그렇게 시작되어 42년간 한 번도 마음 상하거나 잊거나 소원한 적 없이 이어져왔습니다. 동무 사이를 40여 년 이어가려면 한두 번쯤 우여곡절이 있을 법한데, 단 한 번도 그런 적이 없습니다.

한평생 제 육신을 보살펴주고 영혼을 담금질한 그 동무는 일찍이 〈라디오 동의보감〉으로 널리 알려진 덕망 있는 한의사 신재용(申載鏞)입니다. 그는 명망 높은 봉사자이자 명의로 소문이 자자한 학자이기도 하지요. 5대째 가업을 이어가고 있는 그 집안의 가풍은 '어려운 이를 보살피고 환자를 정성으로 받들라'는 것이라고 합니다.

개업 후 1992년 '동의난달'을 설립한 그는 18년이 넘도록 무의촌을 찾아다니며 의료 봉사를 하고 있고, 그 지역의 어린이들을 서울로 초청하여 온갖 정성으로 뒷바라지를 아끼지 않습니다. 저는 그의 공적을 언론에 알리고 싶어 안달했으나, 그는 한사코 거절했습니다. 의사로서 당연히 해야 할 일을 했을 뿐이지, 널리 알려지거나 상 받을 만한 일이 아니라는 것입니다.

그래서 제가 1996년에 국회의원이 된 뒤에는 우리 보좌관 전원을 매년 그의 의료 봉사에 의무적으로 참여하게 했습니다. 남을 기쁘게 하고 세상에 보탬이 되는 법을 배우는 동시에, 그의 봉사 정신과 해맑은 영혼의 향기를 맛보게 하고 싶었던 것입니다.

잃어버린 민족혼, 웅혼하고 장엄한 발해 역사를 복원하고 싶어 3년여 동안 두문불출하고 쓴 대하 장편 역사소설 『대발해』 10권을 완성하는 데에는 그의 도움이 지대했습니다.

한 나라의 멸망과 건국, 민족의 흥망성쇠, 전쟁과 암투, 사랑과 갈등을 그리려다 보니 인간의 생로병사를 파고들지 않을 수 없었습니다. 전쟁터에서 일어나는 수없는 죽음과 부상, 일상의 수많은 병고를 다루려면 탁월한 의학적 지식이 필요했습니다. 그래서 아예 소설의 주요 등장인물을 '신재용'으로 작명하고, 의술과 덕치, 현자의 도리를 그의 입을 통해 풀어냈습니다.

그 덕분에 저는 밤 12시, 심지어 새벽 3시에도 전화를 걸어 일로 지친 친구를 닦달했고, 그에게 구체적인 의술을 물어가며 작품을 썼습니다. 약재, 침술, 진맥, 처방은 물론이요, 전쟁에서 가장 귀했던 말의 치료법에 이르기까지, 신재용은 수많은 자료와 상세한 증상, 처방과 약효까지 정리하는 일을 싫은 소리 한마디 없이 해주었습니다.

『대발해』를 발간하고 그동안의 고마움을 전하자, "나는 아무것도 한 게 없다. 오히려 우리 민족의 장엄한 역사를 되살려주었으니 고마울 뿐이다"라며 겸손하게 대답했습니다.

　제가 인덕이 많다고 당당히 말할 수 있는 것은 바로 제 인생에 영원히 함께할 수 있는 영혼의 동무를 만났기 때문입니다.

진단하기

　우리나라 고등학교 졸업생의 84퍼센트가 대학에 진학한다고 합니다. 세계 최고의 수치가 분명하지요. 대학생 수도 인구 1천 명당 62명으로 세계에서 가장 많습니다. 미국이 52명이고 일본, 프랑스, 독일 같은 선진국들도 30~40명 수준이라고 하니까요.

　그런데도 어깨가 으쓱해지지 않는 이유는 뭘까요? 현재의 상황을 초래했다는 떳떳치 못한 마음이 우리들의 어깨를 짓누르고 있기 때문인 것 같습니다. 저는 석좌교수로 대학에 몸담고 있는 입장이라 입시철의 전쟁 같은 상황을 유심히 지켜볼 수밖에 없습니다.

대학 입시생이나 부모 형제들의 소망대로라면 대한민국에는 이른바 일류 대학, 일류 학과만 존재해야 할지 모릅니다. 입시생들이 대학을 선택할 때는, 개개인의 개성이나 취향에 따르기보다는 대개 성적에 따라 결정하기 때문입니다.

성적이 상위권이면 일류 대학을, 중위권이면 중위권 대학을 선택해야 한다는 상세한 안내와 지침 같은 것이 수학능력시험이 끝나는 대로 어김없이 언론에 등장하곤 합니다. 인구와 국토 대비 대학 숫자도 세계 최고를 자랑하지만, 머지않아 문을 닫을 수밖에 없는 대학이 급속히 증가할 거라는 우려가 커지고 있습니다.

이런 현상이 지속되면 과연 대한민국의 미래는 어떤 모습으로 펼쳐질까요? 자신의 개성은 무시한 채, 사회적 잣대로만 진로를 결정하는 청년들이 어떤 풍요로운 미래를 그려갈 수 있을까요?

중앙 일간지에서 서울 강남과 강북 주요 지점의 성형 전문

의들과 공동으로 거리 조사를 실시했더니, 놀랍게도 여성의 10명 중 4명이 성형을 했다는 결과가 나왔습니다. 옳고 그름을 따지려는 건 아니지만, 아무래도 지나치다는 생각을 하지 않을 수 없었습니다. 자연스럽게 제 나이로 보이면서 세월의 흔적을 멋지게 간직한, 품위 있고 세련된 노년의 개성 있는 모습이 사라지게 될 것만 같아 은근히 걱정이 되기도 했습니다.

물론 요즘과 같이 외모의 아름다움으로 모든 가치가 평가되는 사회 분위기에서 다른 선택을 요구하는 것은 이기적일지도 모르겠습니다. 결국 외모지상주의에 빠진 우리 사회가 동일한 기준의 아름다움을 부추긴 것이 문제겠지요.

한국을 '아파트 공화국'이라 부를 만큼 어딜 가나 아파트가 숲을 이룬 듯합니다. 좁고 비싼 땅을 효율적으로 이용하자니 그럴 수밖에 없다고들 하지만, 중소 도시에까지 개성 없이 번져가는 아파트 열풍을 어찌 유행 따라가는 행태가 아니라고 할 수 있을까요. 주택보다 관리가 편리한 것도 사실이고, 땅의 효율성 측면에서 유용한 것도 사실이지만, 하나같이 비슷한 풍경을 만들어내는 모양에 마음이 답답해질 때가 많습니다.

그런데 이렇게 무턱대고 아파트가 여기저기 들어서는데도, 여전히 전세 값이 폭등하고 어떤 지역은 집이 없어 난리라니 당황스럽기만 합니다. 모두가 특정 지역에 살려고 애쓰다 보니 일어나는 현상이지요. 터무니없이 상승하는 아파트 가치의 거품이 사그라지는 때가 도래하면 도대체 무슨 일이 벌어질까요.

이른바 강남 열풍의 유행은 아파트 가격의 기현상만 초래한 게 아닙니다. 조기 유학 열풍을 불러일으켰고, 사교육을 대유행시켰으며, 출산율 최저라는 기록을 경신하기도 했습니다. 어디 그뿐인가요? 어느 잡지에서 밝히기를 강남에 사는 부부의 절반이 이혼한 상태나 마찬가지라고 할 만큼 이혼 증가율도 선두를 달리고 있습니다.

패션 잡지나 TV에 등장하는 연예인들을 무조건 따라하는 패션 열풍은 유행의 획일화 현상을 일으켰고, 명품을 가져야 자신감을 가질 수 있는 명품 콤플렉스는 짝퉁 세상을 만들기도 했습니다. 그리고 불법 복제가 판을 치는 바람에 정정당당한

아이디어와 상품들이 살아남을 길이 없어 많은 이들이 길거리에 나앉을 수밖에 없었습니다.

영화도 평점이 좋은 걸로 선택해야 안심이 되고, 유행어를 알아야 대화에 낄 수 있으며, 뭔가 남을 따라 하지 않으면 불안하고 소외된 듯한 이 기이한 유행 콤플렉스를 '앵무새 증후군'이라 이름 지어봅니다. 사람이 가르친 대로 흉내를 내는 앵무새에게 무슨 죄가 있을까마는, 사람이 제 혼과 주장과 생각과 개성을 내려놓고 남의 흉내만 내려고 애쓰는 모습이 어떻게 앵무새와 다르다고 할 수 있을까요?

지금
어떤 마음을 품고
있습니까?

세상에는 양과 음이 있고, 동과 서가 있으며, 뜨거운 것이 있으면 차가운 것이 있습니다. 또 내가 있으려면 네가 있어야 하고, 햇볕이 뜨거울수록 그늘이 짙은 법입니다. 그것을 일컬어 '조화'라고 합니다.

우리들 모두의
가슴앓이

승용차를 타고 가던 중년의 자매가 '베트남 처녀 중매합니다'라는 현수막을 보았습니다. 여동생이 "베트남 처녀하고 말이 안 통해서 어찌 살까?" 하고 걱정하자, 언니가 대뜸 "이것아, 너는 신랑이랑 말이 통하냐?"며 소리를 질렀다지요.

중년 부부의 불통(不通)을 빗댄 우스갯소리지만, 이 시대 곳곳에서 발견되는 '닫힌 문'을 풍자한 것 같기도 합니다.

새로운 정부가 들어선 지 어언 3년, 그사이 촛불 집회, 용산 참사, 언론법, 남북 갈등, 총리 임명 동의안 등 우리 사회에서는 '상호 불통'이 화두였습니다.

정치권만 살펴봐도 여당이 100퍼센트 찬성하면 야당이 100퍼센트 반대하거나, 야당이 전원 반대하면 여당은 전원 찬성하는 극단적인 불통의 상황이 굳어졌습니다. 북한이 100퍼센트 투표율에 100퍼센트 찬성률을 자랑하는 독재 체제이기 때문에 비민주적이며 그야말로 '닫힌 세상'이라고 힐난하던 정치인들이, 정작 자신들의 융통성 없는 '닫힌 가슴'에 대해서는 반성할 기미가 없어 보이니 안타까울 뿐입니다.

세상에는 양과 음이 있고, 동과 서가 있으며, 뜨거운 것이 있으면 차가운 것이 있습니다. 또 내가 있으려면 네가 있어야 하고, 햇볕이 뜨거울수록 그늘은 짙은 법입니다. 그것을 일컬어 '조화'라고 합니다.

진보가 빛나려면 보수가 있어야 하고 보수가 제 역할을 하려면 진보가 존재해야 하는데, 혹여 내 편만 멀쩡하기를 바라지는 않았는지요. 야당이 당당하려면 여당이 정정해야 하고 여당이 나라를 이끌어가려면 야당의 견제가 필수적인데, 혹여 우리 쪽 주장만 옳다고 우기지는 않았는지요.

평상시 내 편과 네 편을 가르고 내 편은 아군이요, 네 편은 적으로 인식하지는 않습니까? 그래서 지연, 학연, 혈연 따위에 스스로 얽매이지 않습니까?

얼마 전까지만 해도 신문 구독을 사절하려면 참 애를 먹던 시절이 있었습니다. 그와 관련해 한 여교수의 이야기가 인상적입니다. 신문을 더 이상 안 보려고 '신문 사절'이라 써 붙여도 보고 본사에 전화를 걸고 배달원에게 사정을 해봐도 소용이 없자, 그녀는 대문 앞에서 기다렸다가 배달원에게 이렇게 말했다고 합니다.

"신문을 받을 때마다 부끄러워서 어쩔 줄 모르겠습니다."

배달원은 왜 그러느냐고 물었지요.

"글자를 모르는 까막눈이라 신문을 보면 더 답답하고 서럽기만 하거든요."

배달원은 자신도 모르게 고개를 끄덕이더니 그날 이후로는 신문을 넣지 않았습니다.

한두 번 겪어본 사람들은 알겠지만, 신문을 끊기 위해 전화로 소리 지르고 구독료를 안 주겠다고 엄포를 놓는다거나 '영원히 사절'한다는 식으로 협박을 하거나 "이사갑니다"라고 읍소해도 통하지 않습니다. 그러나 그 교수는 자신을 내려놓는 순간 소통할 수 있다는다는 걸 알았기에 그런 재치를 발휘했던

것입니다. 소통하려면 원하는 쪽에서 먼저 자신을 내려놓아야
합니다.

　김수환 추기경의 선종으로 한동안 우리나라는 사랑, 용서,
베풂의 메시지로 가득했습니다. 종파와 지역과 남녀노소와 이
념을 뛰어넘어 국민들의 가슴을 흔들었던 것은 바로 자신을 낮
추는 일이었습니다.

　"머리와 입으로 하는 사랑에는 향기가 없다. 진정한 사랑은
이해, 포용, 자기 낮춤이 선행된다. 사랑이 머리에서 가슴으로
내려오는 데 70년이 걸렸다."

　추기경의 이 말씀은 스스로 내려놓기가 얼마나 어려운지, 또
한 내려놓은 만큼 소통하게 된다는 교훈을 남겼습니다.

　같은 종(種)에 속하는 한 개체는 다른 개체로부터 반응을 얻
기 위해 페로몬을 분비한다고 합니다. 개미, 곤충, 척추동물은
페로몬을 분비하여 여러 가지 정보를 교환하면서 사회생활을
해 나가지요. 미물도 그러한데, 하물며 인간 사회에 불통이 만
연한다면, 인간을 어찌 만물의 영장이라고 자부할 수 있겠습

니까.

허준 선생은 『동의보감』에서 "통즉불통(通卽不痛)하고 불통즉통(不通卽痛)"이라고 했습니다.

"통하면 아프지 않고 통하지 못하면 아프다"는 표현이 어디 육신만의 문제이겠습니까. 오늘을 살고 있는 우리들 모두의 가슴앓이인 것 같아 마음이 시립니다.

내 기준으로 보면 옳은 것도
상대의 기준에서는
반대일 수 있습니다

소통하려면 원하는 쪽에서
먼저 자신을 내려놓아야 합니다.

고질병이 아니라
고칠병입니다

보석이 비싼 이유는 희귀하고 잘 변하지 않으며 무엇보다 아름답게 빛나기 때문입니다. 그러나 자세히 들여다보면, 보석은 스스로 빛나는 게 아니라 빛을 받아서 아름다워 보이는 것입니다. 땅속이나 깜깜한 곳에 있으면 영롱해 보이지 않고 그저 사물일 뿐이지요.

사람도 마찬가지라고 생각합니다. 크게 성공한 사람들을 유심히 살펴보면 스스로도 혼신의 노력을 기울였지만 혼자 빛난 게 아니라 그를 둘러싼 나라, 사회, 학교, 조직, 가족, 친구 등 무수한 존재들이 그의 성공을 거들었다는 걸 알 수 있습니다.

성공한 사람들의 또다른 특징은 자신에게 열심히 투자하여 스스로도 행복할 뿐 아니라 남을 기쁘게 하며 세상에 보탬이 되었다는 것입니다.

그렇다면 과연 성공의 기준은 무엇인지 살펴보아야 할 차례입니다. 우리가 흔히 인식하듯 신문, 방송, 잡지에 소개되고 얼굴과 이름이 드러날 만큼의 공적을 쌓아야 성공했다고 말할 수 있을까요?

요즘 읽은 글에서 '참 아름다운 영혼'이구나 싶은 내용이 있었습니다. 웃음치료 교실에 오시는 80대 할머니가 계시는데 언제나 싱글벙글 웃으신답니다. 부럽기도 하고 그 비결이 궁금해서 "할머니, 요즘 건강하시죠?"라고 물었더니, "응, 아주 건강해. 말기 암 빼고는 다 좋아"라고 대답하셨다고 합니다.

누구나 암을 '고질병'이라고 생각하기 마련입니다. 그런데 그 할머니는 '고칠 병'이라고 생각하신 것 같습니다. 그 할머니는 누가 뭐라 해도 인간적으로 성공한 사람이 아닐까요?

사람들은 흔히 세상에 드러나거나 널리 알려지는 세속적인

두드러짐만 성공이라고 생각하는 것 같습니다. 본디 성공은 일정한 뜻이나 목적한 바를 이루는 것을 가리키는 말로, 보통 사회적으로 지위나 부를 얻었을 때를 일컫습니다.

하지만 아무리 명예, 권력, 재물을 차지했더라도 스스로 만족하지 못하거나 행복을 느끼지 못한다면 남의 눈에는 성공한 것으로 보일망정 진정으로 성공한 사람이라 할 수는 없을 것입니다. 세속적으로 성공한 사람들이 나락으로 굴러떨어지는 것은 대부분 교만에 젖어 더 이상 노력하지 않고 만족하지 못한 채 더 많은 것, 더 큰 것에 집착하기 때문입니다.

성공을 세속적이며 사회적인 성공과 인간적이며 정신적인 성공으로 나누어보면 어떨까요? 시골에서 농사지어 자식을 가르치고 마을 사람들과 오순도순 살며 햇볕에 짙게 그을려 주름이 선명한 농부가 없으면 어찌 우리가 먹고살 수 있겠습니까. 그 인생 또한 참 소중한 성공이자 이 땅의 보석과 같은 삶이 아닐까요?

말기 암에 걸렸지만 결코 세상에 무릎 꿇지 않은 80대 할머

니의 환한 웃음이 얼마나 아름답고 향기 나는 성공인지, 모두
가 공감하고 인정하는 사회가 되었으면 합니다.

마음에 갈등이
생기는 이유

어째서 가까운 사람 사이에 갈등이 더 많이 생기고 골이 깊어지는 것일까요? 왜 행복하려고 만난 사람들이 서로 다투고, 사랑해야 할 사람끼리 원수가 되며, 다독여야 할 사람들 사이에 적대감이 생길까요? 누구든지 살면서 이런 생각을 하게 될 때가 있을 겁니다.

『날마다 웃는 집』에서 법륜 스님은 "그 사람 성격이 나빠서 갈등이 생기는 게 아니라 그 사람이 내 곁에 있기 때문에" 갈등이 생긴다고 말합니다. 사람에게는 누구나 자기중심성이 있기 때문에 당연히 일어날 수밖에 없는 일이라는 것이지요. 법륜

스님은 자신의 기준에서 세상을 인식하기 때문에 갈등이 일어
난다고 보고, 그에 따른 치료법을 제시합니다. 자신의 기준으
로 보면 옳고 그른 것이 상대의 기준으로 보면 그 반대일 수도
있다는 것입니다. '서울 가는 길'을 물었을 때 인천 사람에게
는 "동쪽으로 가라"고 하며 춘천 사람에게는 "서쪽으로 가라"고
하라는 말은 구체적이면서도 실증적인 가르침이 아닐 수 없습
니다.

　종이 한 장에 산을 그리고 동쪽과 서쪽을 표시해 봅시다. 그
리고 산꼭대기 쪽에 해를 그립니다. 동쪽에 사는 사람은 그 산
을 서산이라 부를 것입니다. 늘 해가 산 너머로 지는 걸 보았을
테니까요. 서쪽에 사는 사람은 그 산을 동산이라 부를 수밖에
없습니다. 늘 태양이 그 산을 넘어오는 걸 보았을 것이니까요.
　서쪽 사람과 동쪽 사람이 만나면 같은 산을 두고 서로 동산
이라거나 서산이라고 우길 것입니다. 솔로몬의 지혜를 빌려 와
도 어느 한쪽이 틀렸다고 판단하기가 쉽지 않을 일입니다. 그
렇다고 해법이 없는 건 아닙니다. 두 사람이 그곳을 벗어나 멀

찍이에서 산을 쳐다보면 그 산은 동산도 서산도 아닌 그냥 하나의 산이란 걸 비로소 알게 될 것입니다.

이렇듯 우리에게 갈등을 일으키는 요인들은 조금만 다른 위치에서 바라보면 아무것도 아닌 경우가 많습니다. 자신이 고집하던 시각에서 한발 양보하는 순간, 갈등은 사라져버리는 것입니다.

우리는 갈등이 생기면 누군가를 탓하는 습성이 있습니다. 그래야 일단 내 마음이 편해지기 때문입니다. 깊이 들여다보면 내 마음에서 생긴 갈등인데도 무심코 남의 탓으로 돌리곤 합니다.

사람들이 제게 "설마 세상살이에 답답하고 막히는 게 있겠느냐?"고 물으면 "그놈의 체면 때문에 물어볼 데가 없는 게 얼마나 답답한 줄 아느냐"고 답합니다.

제가 한세상 소문깨나 내고 살았으니 퍽이나 순탄하고 걱정 없이 살 거라고 생각하는 모양입니다. 그러나 막상 가까이에서 나를 지켜본 사람들은 참 안됐다고들 합니다. 일상이 자유롭지 못하고 늘 주시 받는 대상인 데다, 하소연할 곳도 별로 없고 혼자 끙끙거릴 일도 많다는 걸 알기 때문입니다.

그럴 때 법륜 스님의 '즉문즉설'을 들으면 가슴에 맺힌 응어리가 풀어지곤 합니다. 물론 저와는 다른 갈등이지만 물음에 대한 해답의 원리는 한 줄기이기 때문에 속이 시원해지는 것입니다.

"세상이 복잡합니까? 아니면 내 마음이 복잡합니까?"

어느 날 스님의 이 한마디에 정신이 번쩍 들었습니다. 아, 그렇구나. 밤에 잠들었을 때는 세상이 그리 고요하다가 아침에 눈 뜨면 그리도 복잡해지는 것은 내 마음 때문이지 세상 탓이 아니었구나, 하고 말입니다.

물론 그런 깨달음은 하루나 이틀 가기도 쉽지 않습니다. 버려야 할 것은 억척스럽게 챙기면서, 어째서 마음을 다스리는 가르침은 그리 쉽게 잊어버리게 되는지 모르겠습니다.

수많은 고뇌와 부딪치며 살아가야 할 제 자식들은 저보다 좀 더 일찍, 좀 더 지혜롭게 갈등을 딛고 뚜벅뚜벅 걸어갔으면 합니다. 아니, 이 땅에서 제 자식들과 함께 살아가야 할 모든 사람들이 웃으며 살 수 있었으면 합니다.

법륜 스님의 『날마다 웃는 집』에서 제가 가장 좋아하는 구절은 다음과 같습니다.

"남을 좋아하면 내가 즐겁고
남을 사랑하면 내가 기쁘고
남을 이해하면 내 마음이 시원해지는 것
이 모두가 나를 사랑하는 법입니다."

나이
들어간다는 것

제 아버지가 할아버지 소리를 듣게 되셨을 무렵, 사소한 일로 어머니와 언성을 높이시는 경우가 종종 있었습니다. 아버지가 옷장을 열고 뭔가를 찾다 말고 어머니를 부르셨습니다.

"거시기 어디 있는 겨?"

"뭘 찾으시는데요?"

"거시기 있잖여."

"그게 뭔데요?"

"아, 거시기 말여!"

어머니의 평소 성품대로라면 그즈음에서 "거시기는 귀신도 모르는 거잖아요"라는 소리가 튀어나올 법도 했습니다.

"지갑 찾아요?"

"어제 가져온 거 있잖여!"

"뭘 가져왔는지 알아야 말이죠."

"에이, 거시기 있잖여! 거시기!"

아버지의 목청이 커지는데도 아버지와 달리 여유만만한 어머니의 표정을 보면서 저는 씨익 웃을 수밖에 없었습니다. 그 시시껄렁한 다툼의 승리자가 누구인지 뻔히 알고 있었기 때문입니다.

어머니가 옷장을 쑤석거리시더니 며칠 전에 아버지께서 입었던 윗도리 안주머니에서 노란 봉투 한 장을 꺼내 내밀었습니다. 그러자 아버지는 낚아채듯이 봉투를 챙기시고는 휘적휘적 나가셨지요. 뭔가 한마디쯤 할 만도 한데, 가타부타 말씀이 없으셨습니다. 일부러 화난 표정을 짓는다는 것쯤 누가 모르겠습니까. 미안하고 난망하니 슬쩍 웃어주면 어디가 덧나나 싶다가도, 아버지가 당당한 척하시는 게 은근히 좋기도 했습니다.

그러면서도 저는 아버지처럼은 되지 않을 거라고 생각했습니다. 아버지처럼 걸핏 하면 '거시기'를 반복할 만큼 허술하게 살지는 않을 것 같았습니다. 나이를 먹으면 당연히 그럴 법도

하지만, 나 또한 그러리라고는 상상할 수 없었던 것입니다.

　하루는 인품이 그윽하며 마음이 넉넉해서 제가 참 좋아하는
언론인을 만나, 저녁 식사를 하기 위해 자리를 옮기려는 참이
었습니다. 그는 저와 함께 차에 타자마자 휴대전화를 꺼내 어
딘가로 전화를 걸더니 이렇게 말했습니다.
　"내 코트 주머니에 휴대전화를 두고 왔으니 찾아서……."
　저는 그 말이 끝나기도 전에 물었습니다.
　"지금 손에 드신 그 휴대전화는 뭡니까?"
　그분은 제 얼굴과 휴대전화를 번갈아 보더니 "어, 여기 있네"
하며 소리 내어 웃었습니다.
　그 후로 저는 이 작은 일화를 몇 차례나 들먹이며 그분을 놀
리곤 했습니다. 자신의 휴대전화로 전화를 걸어 휴대전화를 두
고 왔으니 찾아오라니, 어찌 우습지 않겠습니까. 그러나 얼마
지나지 않아, 저도 별수 없이 그분처럼 놀림감이 되고 말았습
니다.
　하루는 외출하려고 현관을 나서는데 휴대전화가 울렸습니

다. 얼른 전화를 받으며 자동차 문을 열고 자리에 앉았습니다. 차가 막 출발하려 할 때, 운전석에 있는 사람에게 급하게 말했습니다.

"잠깐만 기다려줘요. 휴대전화를 두고 왔어."

그러고는 부리나케 뛰어가 현관문을 열다가 저도 모르게 웃고 말았습니다. 현관문에 달린 번호키의 숫자판을 누르려고 오른손에 쥐고 있던 휴대전화를 왼손으로 옮기다가, 비로소 제가 계속 휴대전화로 통화하고 있었다는 것을 깨달았기 때문입니다.

이 정도의 사건은 애교에 불과한 듯싶습니다. 휴대전화를 냉장고에 넣고 못 찾는다거나, 휴대전화 대신 리모컨을 들고 와서 숫자판을 누르다가 휴대전화가 고장 난 줄 알았다는 사람도 있습니다. 부인과 함께 부부 동반 모임에 참석했다가 쉬는 시간에 복도에서 마주친 부인에게 "여긴 웬일로 왔느냐?"고 물었다는 분의 경험담을 듣고는 마시던 커피를 내뿜은 적도 있습니다.

이런 건망증 증후군의 근원을 전문가들은 여러 갈래로 설명합니다. 그중에는 나이를 먹었기 때문이라는 이유도 있습니다. 하지만 전 그것을 인정하고 싶지 않았습니다.

문득 '이거 유전 아닌가?' 하는 생각을 하게 되었습니다. 그렇게 해서라도 나이 먹는 것에 대한 쓸쓸함을 덜고 싶었던 거지요. 얼마 안 있어 그 생각에 더욱 확신을 갖게 되는 일이 벌어졌습니다.

아들 녀석이 나이가 차서 사랑하는 여인이 생겼다며 제게 선을 보였습니다. 하지만 그 후로 몇 번을 만나고도 머릿속에서만 뱅뱅 돌 뿐, 아들의 여자친구 이름은 그냥 '거시기'였습니다. 급할 때면 '거시기'를 찾던 아버지의 병이 그대로 대물림된 걸까요?

그날도 아들 녀석과 이야기를 하다가 예비 며느리의 이름이 떠오르지 않아 답답한 마음에 그만 이렇게 내뱉고 말았습니다.

"저, 저, 저, 저, 저…… 거시기!"

오늘 어디에서 위안을 찾겠습니까?

3장

어느 글에서 "그 사람의 약점에 그 사람의 영혼이 있다"는 내용을 읽은 순간, 참으로 근사하고도 인간적인 표현이라고 생각했습니다. 약점이나 단점 없는 사람이 어디 있겠습니까.

베개 속에
숨겨둔 사랑

1950년대 초반, 시골에 살던 제가 유치원에 다녔다고 하면 신기하게 생각하는 사람들이 많습니다. 살림에 억척스러우셨던 어머니 덕분에 형편이 기궁하지는 않았던 덕입니다.

그렇다고 어머니에게 남다른 재테크 비법이 있던 것은 아닙니다. 어머니에게 은행은 벽장과 베개 속과 복주머니였고, 재테크는 마을 사람들과 함께 하는 계와 금반지, 그리고 넉넉한 인심뿐이었습니다. 일제 강점기에 소유했던 이런저런 증서들이 휴지 쪼가리가 된 쓰라린 경험 때문이었는지, 어머니께서는 은행이나 증서 따위는 믿지 않으셨습니다.

당시 저희 집에는 안방에서 부엌으로 배 내밀듯 툭 튀어나온 벽장이 있었는데, 자물통이 굳세게 버티고 있던 그 공간은 제법 널찍해서 별의별 게 다 들어 있었습니다. 그런데 그곳에 있던 베개는 그냥 베개가 아니었습니다.

베개를 벽장에서 꺼내어 실밥을 뜯어내는 날, 어머니의 표정은 굳어 있게 마련이었습니다. 죽부인만큼이나 큰 베개와 눈부시도록 희디흰 베갯잇, 그 실밥이 뜯어지며 쏟아지는 왕겨와 함께 드러나는 알록달록한 복주머니…….

저는 알고 있었습니다. 베개 속에 무엇이 들어 있고, 왜 꿰맨 실밥을 풀어낼 수밖에 없었는지를 말입니다. 그런 날은 계가 깨졌거나 모갯돈이 급히 필요한, 피치 못할 사정이 어머니에게 있었던 것입니다. 그다지 큰일이 아니면 장롱 속에 있는 지전이나 금반지로 해결할 수 있었을 텐데, 커다란 베개를 풀어낼 때는 집안에 뭔가 심상찮은 일이 생겼거나, 어머니의 재테크가 실패했다는 의미였습니다.

물론 웃는 얼굴로 베개를 꺼내는 날이 없었던 것은 아닙니다. 제가 재수 끝에 겨우 대학에 합격하자, 기꺼이 베개를 열어 입학금을 주고 비상금으로 쓰라며 석 돈짜리 금반지를 쥐어줄 때의 어머니 표정은 평소와는 달랐습니다.

겟돈 걷는 날이면 저도 어머니만큼이나 바빴습니다. 외진 곳이나 먼 곳은 제가 자전거를 타고 다니며 겟돈을 걷기도 했기 때문이지요. 돌아다니면서 저는 그들에게 우리 어머니의 신용과 빚 갚는 정성, 넉넉한 성품에 대한 극찬을 들을 수 있었고, 자식 걱정과 같은 그들의 푸념에도 귀 기울일 수 있었습니다.

제가 자라면서, 계주 노릇을 하며 제법 푼푼하던 어머니가 삽시에 빚쟁이로 전락한 일이 있었습니다. 함께 계를 붓던 사람이 겟돈을 받아 챙기고 야반도주를 하는 일이 벌어진 것입니다. 이런 상황에는 겟돈을 아직 타지 못한 사람들의 돈은 계주가 책임을 져야 했습니다.

어렵게 입학한 대학을 휴학하게 된 것도 그런 사정 때문이었습니다. 당신께서 저지른 일이 아니어서 억울하기도 하셨겠지만, 어머니는 결국 빚을 갚고 신용을 되찾으셨습니다. 어머니는 항상 말씀하시곤 했지요.

"남의 돈 떼어먹으면 내 자식들이 벌 받지. 하늘이 무너져도 빚은 내가 갚는다."

아이러니하게도 빚을 갚는 방법 역시 계였습니다. 빚쟁이들이 오히려 빚을 진 어머니를 계주 삼아 꼬박꼬박 곗돈을 붓는 걸 보면 그저 신기하기만 했습니다. 사람들이 어머니를 신뢰했기에 다시 계주로 삼았고, 어머니는 빚도 갚고 살아갈 힘을 얻었던 것입니다. 휴학 1년 만에 복학한 제가 대학을 무사히 졸업할 수 있었던 것도 어머니가 우리의 마지막 보루인 집까지 팔아 빚잔치를 한 덕이었습니다.

어머니의 두 번째 재테크는 금붙이 모으기였습니다. 그 시절에는 여간해서 금값이 오르지 않았는데도, 어머니는 부피가 작고 숨기기 좋은 금을 모아 집안 어딘가에 고이 모셔두셨습니다.

어느 날, 오랫동안 몸져누워 병치레를 하던 어머니가 제게 귓속말로 이야기하셨습니다.

"나 죽거든 베개 속을 살펴보거라."

어머니가 돌아가신 후 유품을 정리하다가 문득 그 말씀이 떠올라 베개를 뜯어보았습니다. 그 안에는 금붙이 하나가 있었지요. 사실 어머니의 넉넉한 치마폭에 비해 금붙이는 의외로 작

있습니다. 그 경황에도 자식에게 손 벌리기 싫어 복주머니를
헐으셨을지 모른다는 생각이 들자, 가슴이 뜨거워졌습니다.

살림에 꼼꼼하셨던 어머니 슬하에서 자랐건만 재테크에 참
으로 무심한 저는 26년째 같은 집에 살고 있습니다. 집을 팔아
아파트를 장만하는 게 유리하다는 말은 진즉부터 들었고 한두
번쯤 마음이 흔들리기도 했지만, 몸이 가볍지 못한 탓인지 아
직도 그 집에 버티며 살고 있습니다. 더도 말고 덜도 말고 두
번만 옮겨 앉았어도 제법 재산이 불어났을지도 모를 텐데 말입
니다.

큰 방 두 곳과 거실을 빼곡하게 채운 책을 옮길 걱정에다, 마
당 한편에 꽃을 심고 채소를 가꾸던 걸 더 이상 못하게 되는 게
싫었기 때문입니다. 어디 그뿐인가요. 원고를 쓰다가 잠시 쉬
고 싶을 때 마당에 나가 맡던 솔향기도 더 이상 찾을 수 없고,
저 멀리서 날아온 까치와 이름 모를 새의 지저귐을 들을 수 없
게 되는 건 더더욱 싫었습니다.

그 흔한 주식 투자, 주택 부금에도 관심 없는 제게 그러면서

어찌 사느냐고 묻는 사람들이 종종 있습니다. 그럴 때마다 저
는 어머니의 말씀을 떠올리곤 합니다.

"알뜰하게 집 한 채 가졌으면 그만이지……."

약점에도
경쟁력이 있습니다

"왜 사느냐?"고 물으면 바로 대답하는 사람이 드물지요. 그만큼 인생은 복잡다단합니다. "태어났으니까", "먹고살기 위해", "즐겁고 행복하려고", "사랑하는 사람을 만나기 위해", "그냥 그렇지 뭐……", 더러는 "죽지 못해서"라고 대답하며 쓴웃음을 짓기도 하지요.

이 물음에 정답이 있다고 생각하지는 않습니다. 인생살이가 그리 쉽다면 세상이 이리 뒤엉켜 하루도 시끄럽지 않을 까닭이 없을 테니까요.

행복이 어디에 있느냐고 물으면 누구든 얼른 "내 마음에 있다"고 대답합니다. 그러나 정작 잘 살펴보면 많은 사람들이 행복을 마음 밖에서, 자신이 갖고 싶거나 갖지 못한 것에서 찾고 있습니다. 자신이 갖고 싶은 것을 유심히 살펴보면 대부분 남들도 갖고 싶어 하는 것들입니다. 그러니 서로 가지려고 다투고 미워하게 됩니다. 갖고 싶은 건 많은데 다 갖지를 못하니 스스로 행복하지 않다고 느끼는 거고요.

결국 사람들은 스스로 외롭고, 힘들고, 즐겁지 않다고 생각하게 됩니다. 이미 원하는 것을 가진 사람과 그렇지 못한 자신을 비교하는 함정에 빠져버리는 셈입니다.

어느 신문에서 「가장 행복한 나라 코스타리카」라는 글을 보았습니다. 코스타리카는 남한의 절반 크기의 땅에 인구 420만 명, 1인당 GDP가 약 1만 달러인 나라입니다. 그러나 행복데이터베이스(WBD)에서는 10점 만점에 8.3점인 덴마크를 제치고 8.5점으로 당당히 1위를 차지했습니다. 미국 《뉴욕타임스》에서도 "잘 보존된 자연이 이 나라 국민을 세계에서 가장 행복한 사람들로 만들었다"라고 보도했을 정도지요.

많이 가진 게 행복이 아니라, 소박하게 오순도순 사는 것이 행복이라는 사실을 가르쳐준 셈입니다. 잘 보존된 자연 덕이라고 하니, 우리나라처럼 어디를 가든 개발 몸살을 앓거나 시골 정취가 사라져가는 아파트 전시장 같은 풍경은 아닐 테지요.

현대인들은 소유가 곧 행복이라고 생각하곤 합니다. 그래서 남들보다 조금이라도 더 많이 가지고 싶어합니다. 그리고 더 잘생기고, 더 건강하고, 더 높고, 더 명예로워지기를 원하지요. 더 큰 아파트에, 더 비싼 자동차에, 더 많은 땅과 더 많은 돈을 갖고 싶어 합니다. 그런 욕구를 나쁘다고만은 할 수는 없습니다. 그러나 그것을 얻기 위한 과정에서 나타나는 추악함과 비겁함을 대할 때마다 가슴이 시리곤 합니다.

사람들에게 "어떤 게 행복이냐"라고 물으면 대체로 돈, 명예, 권력, 사랑, 건강 등을 열거합니다. 한마디로 대답해 보라고 하면 구구각색의 답변을 내놓지만, 결국 '뭐든 내 맘대로 되는 것'이라고 요약할 수 있습니다. 그러면 저는 "그건 하느님도 잘

안 될 것”이라고 웃으며 대꾸하곤 합니다. 사람들은 본능적으로 ‘내 맘대로 되는 세상’을 소망하는지도 모릅니다.

하지만 무엇이든 자기 마음대로 이루어지는 인생이 매력적이기만 한 것은 아닌가 봅니다. 『본능의 경제학』을 쓴 비키 쿤켈은 “성공한 사람들의 인생에 뚜렷한 고난이 없다면 그들은 대중의 신뢰를 받기 어렵다”라고 말했습니다. 또한 “그 사람의 단점 때문에 호감을 갖게 되고 친밀해지게 된다”는 구절을 읽으며 절로 고개가 끄덕여졌습니다.

그의 말에 따르면 2000년 미국 대통령 선거에서 지적이고 잘생긴 고어가 촌스럽고 그다지 매력 없어 보이는 부시에게 패배한 것은 그의 뛰어난 외모와 유창한 언변이 오히려 독이 되었기 때문이라고 합니다.

후보자의 얼굴형이 유권자에게 미치는 영향에 대해 연구한 결과, 완벽해 보이는 쪽을 오히려 신뢰하지 않는다는 인간의 본능이 드러났다면서요. 《뉴욕타임스》에서는 고어가 시위 전력이나 학력 위조, 부적절한 사생활조차 없음을 지적하며, 오히려 이 때문에 그의 경쟁력이 부족하다고 했을 정도였습니다.

남의 얘기 할 것 없이, 저 역시 약점을 감추거나 애써 포장하며 살아온 것은 사실입니다. 어느 글에서 “그 사람의 약점에 그 사람의 영혼이 있다"는 내용을 읽고 순간, 참으로 근사하고도 인간적인 표현이라고 생각했습니다. 약점이나 단점 없는 사람이 어디 있겠습니까.

"다른 사람들에게 어떤 사람으로 기억되고 싶습니까?"라고 물으면 대체로 답을 머뭇거리게 됩니다.

당연히 좋은 사람, 고마운 사람, 사랑하고 싶은 사람, 근사한 사람, 착하고 정 많은 사람, 다시 태어나도 보고 싶은 사람을 떠올립니다. 그런 여러 가지 생각을 하다 보니 머뭇거리게 되는 것입니다.

그런 생각을 하는 것은 당연한 인간 심리이지, 틀린 사실이 아닙니다. 하지만 세상에 그런 완벽한 사람이 대체 몇이나 될까요? 누구나 조금씩은 부족하고 모자라고 아프고 힘들고 외롭고 뒤처지고 벅차고 힘겹습니다. 혼자만 그렇게 느끼는 것이 아닙니다.

세상은 복잡해지고 살기는 점점 어려워지고 있습니다. 물론 생활하기에는 전보다 훨씬 편리해지고 윤택해졌습니다. 다만 남들보다 더 갖고 싶어 하고, 자기 마음대로 되는 세상을 바라고 있는 마음 때문에 삶이 더욱 복잡해질 뿐입니다.

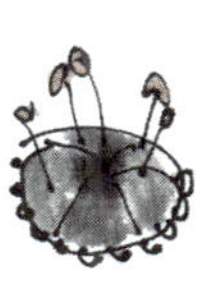

책을 읽는 일은
마음속에
보물창고를
짓는 것입니다

희망을 줍는
방법

독서를 마음의 양식이라고 하는 까닭은 책이 지혜의 잔칫상이기 때문입니다. 육신의 양식인 음식은 너무 많이 먹으면 탈이 나지만, 마음의 양식은 채우면 채울수록 사람을 빛나게 합니다.

저자의 영혼을 접하고, 그의 철학을 엿보고, 그의 생각을 읽고, 그의 심혈을 느끼는 것은 남의 인생을 대신 살아보는 일과도 같습니다. 그러나 바가지를 주어도 거꾸로 잡으면 물을 담을 수 없듯이, 책의 내용을 자기 것으로 만드는 데에는 지혜가 필요합니다.

제게 어떤 책을 읽어야 좋으냐고 묻는 사람들이 참 많습니다. 하지만 어떤 책을 읽느냐보다는 어떻게 읽느냐가 중요합니다. 책을 일주일에 한 권씩 읽으면 1년에 50권 정도를 읽을 수 있고, 그렇게 10년을 꼬박 읽어도 겨우 500권입니다. 그래서 책 읽는 바른 습관부터 길러야 하는 것입니다. 한 권을 읽더라도 제대로 읽어야지요.

책을 읽으면 뭐가 좋으냐고 묻는 이가 있습니다. 독서는 교양 있는 인간을 만드는 공장과도 같습니다. 교양 있는 사람은 판단력과 분별력이 정확하며 공정합니다. 또한 뭇사람들에게 호감을 주며 거만하거나 옹졸하지 않습니다. 게다가 세상에 보탬이 되고 남을 이끌어주기도 합니다.

책을 많이 읽는 사람은 세상을 드넓게 보는 혜안을 갖기에 참 멋있게 살아갑니다. 성공한 사람들 중 대다수가 화려한 독서 편력을 자랑하는 것도 이런 이유에서일 겁니다.

사랑을 시작하면 영혼 속에 보물 창고가 생겨서 온갖 신비한 것들로 가득 채워집니다. 책을 읽는 일은 마음속에 보물 창고를 짓는 것과 같습니다. 재물과 권력과 명예의 창고는 지으려고 안달할수록 무너지고 부서지고 떠내려가기 십상입니다. 그러나 지혜로운 사람은 세상에 끌려가지 않고, 오히려 세상을 끌고 가는 법을 책에서 배웁니다. 도전과 실패를 두려워하지 않는 기개와 천하를 살펴보는 넉넉함을 책에서 배워 세상에 보탬이 되는 것입니다.

　향기 나는 사람들의 특징은 어떤 경우에도 희망의 끈을 놓지 않는다는 것입니다. 이때 책은 희망을 탐지하는 나침반과도 같습니다. 알고 보면 희망은 가을 산에 널린 낙엽처럼 우리 인생에 무진장으로 펼쳐져 있습니다. 이때 책은 희망을 줍는 방법을 알려줄 뿐만 아니라, 그렇게 챙긴 희망을 근사하게 사용하는 법까지 일러주지요.

　사람이라면 누구나 열등감을 갖고 있게 마련입니다. 열등감은 우월하고 싶다는 욕구에서 생겨납니다. 그러다 남과 비교하면서 스스로 못났다고 자책하곤 합니다. 이러한 생각은 자존심을 깎아먹고 기를 죽이고 맙니다.

그러나 세상에 못난 사람은 없습니다. 다만 서로 다를 뿐입니다. 그런데 사람들은 스스로 못났다고 여기고 자신감을 잃거나 원망하거나 외로워합니다. 책 속에는 그런 열등감을 딛고 일어서는 가르침이 있고, 답으로 안내하는 지도와 같은 역할을 합니다. 또한 책은 우리 마음속에 행복이 있다는 사실도 알려 줍니다.

전 세계 인구의 0.2퍼센트밖에 안 되는 유태인들이 세계 경제를 좌지우지하고 노벨상을 휩쓸며 '미국을 지배한다'는 소리까지 듣게 된 데에는 유태인의 지혜가 담긴 『탈무드』가 큰 힘이 되었다고 합니다.

그렇다고 『탈무드』만 읽으면 모든 민족이 유태인들과 같아지는 것은 아닙니다. 어려서부터 『탈무드』에 익숙해진 유태인들은 끊임없이 좋은 책을 골라 읽을 뿐 아니라, 그 내용을 응용하고 지혜를 실천하기 때문에 우수한 민족이란 소리를 듣게 된 것입니다.

우리에게도 조상들이 남겨준 좋은 책과 지혜로운 가르침과

규범이 될 만한 교훈이 너무도 많습니다. 우리 후손들에게 이를 잘 전달하려면 우리가 먼저 찾아서 느끼고 실천해야 하지 않을까요?

당신
삶의 온도는 얼마나
뜨겁습니까?

4장

저는 우리가 버린 역사를 고증하여 천년의 침묵을 깨뜨리기로 작정하고 스스로 옥살이를 각오했습니다. 권부로부터 장관급 공직과 출마 제의가 있었지만 모두 거절한 채, 중국의 야욕과 맞서겠다며 모진 결심을 했습니다.

개인의 자존심, 나라의 자존심

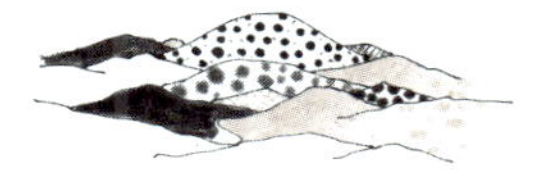

대학 시절, 데모하다 잡혀갔다가 담당 형사에게 들은 이야기가 지금껏 잊히지 않습니다.

"잡혀 온 학생 중에 겁에 질려 손발이 닳도록 비는 녀석은 따귀 한 대 갈기고 싶지만, 데모 대열에 설 수밖에 없었다고 당당하게 주장하는 녀석은 나중에 저 기세로 어떤 인물이 될지 모른다는 생각에 함부로 대하기 어렵다"라고 말입니다. 자존심을 지키기 위해 당당할 때, 스스로의 가치를 지킬 수 있는 것이지요.

'사람다움'을 위해서는 여러 가지가 필요하겠지만, 가장 중요한 것은 자신의 존재 가치를 스스로 인정하는 자존심일 것입니다. 마찬가지로 '국가다움'을 위해서는 역사, 문화, 철학, 전통을 아우르는 국가의 자존심을 지키는 것이 필요합니다.

　최근 중국이 추진하고 있는 동북공정이 심상치가 않습니다. 고구려 유적을 중국 문화유산으로 유네스코에 등록하는가 하면, 최근에는 압록강변의 고구려성이었던 박작성을 파헤쳐 인조 대리석과 시멘트로 급조한 가짜 만리장성을 쌓았습니다. 그리고 그곳에 호산장성 역사박물관을 지어 고구려와 백제는 본디 중국 땅이었다는 가짜 지도를 내걸었으며, 원래 만리장성은 고구려의 수도였던 평양성까지 이어졌다고 주장합니다. 고구려 역사가 분명한 박작성에서 산해관까지 가짜 만리장성으로 2,500킬로미터를 연결한 중국의 야욕엔 무슨 뜻이 숨어 있을까요? 여기에는 고구려와 발해의 역사를 중국 역사로 규정하려는 치밀한 계산이 깔려 있습니다.

　어디 그뿐인가요. 무려 3조 7천억 원을 투입하여 한민족의 영산(靈山)인 백두산을 대규모 휴양지로 개발하고 '창바이산'이란 브랜드로 내세우려 합니다. 또한 기반 시설을 조성하기 위해 50조 위안을 투자하여 고속도로와 철도 공사를 서두르고 있습니다.

그런데도 대한민국은 항의 한 마디 하지 않았습니다. 행여 중국의 보복으로 막대한 경제적 타격을 입거나 북한 문제에 발목이 잡힐까 겁을 먹고, 눈을 질끈 감은 채 귀 막고 입을 닫은 것인지도 모릅니다.

발해는 『신당서』 『구당서』 등 수십 권의 중국 역사서에서 밝혔듯 당당한 독립국가요, 고구려를 계승한 제국이었는데도 중국은 발해를 당나라의 변방 정권이라고 주장합니다.

그렇지만 우리나라 학계도 크게 다르지 않습니다. 남쪽에는 신라가 있고 북쪽에는 고구려를 계승한 발해가 존재했으니 당연히 남북국 시대라고 칭하는 게 정당한데도, 일부 양심적인 우리 학자들 몇몇을 제외하고는 침묵으로 일관합니다.

지금 대한민국은 섬나라나 마찬가지입니다. 우리나라와 대륙 사이에 북한이 있기 때문입니다. 이렇게 남북이 60여 년이나 갈라져 반목하는 것만도 민족의 수치인데, 일제 강점기에 빼앗긴 간도가 100년 동안이나 침묵하는 대한민국을 애처롭게 바라보고 있는 현실이 너무나 가슴 아픕니다.

　1909년 9월 4일, 일제는 대한제국을 제외시킨 채 철도 부설권과 탄광 채굴권을 얻는 조건으로 간도를 청나라에 넘겨주었습니다. 이미 일본 정부도 인정했듯 1905년의 을사늑약은 불법이기 때문에 간도협약도 무효인 것은 당연합니다. 저 너른 땅 간도는 대한민국 영토가 분명한 것이지요.

　하지만 우리가 멈칫하고 있는 사이, 중국이 먼저 수를 쓰려 하고 있습니다. 간도에 대한 중국의 야욕을 막으려면 국제사법재판소를 통해 100년 시효를 중단시켜야 합니다. 그렇지만 제소권이 없는 개인은 소송이 불가능하기 때문에 국가나 유엔 단체가 나서야 하는데도 정부는 이를 계속 외면하고 있습니다.

　민족의 얼과 피땀이 서린 간도를 중국에 넘기는 게 민족의 자존심을 지키기 위함인지, 정부의 소신인지 묻지 않을 수 없습니다. 굳이 예를 들지 않아도 문명 선진국가는 어떠한 경우에도 민족과 역사의 자존심을 내려놓지 않습니다.

그런데 지금 우리의 모습을 살펴보면 참으로 민망합니다. 동북공정이나 간도 문제를 애써 외면하려는 신사대주의적 굴종은 언젠가 역사의 심판을 받게 될 것입니다. '국가다움'을 지키지 못한 채 주눅 든 국가를 세계는 더욱 깔보게 될 것입니다. 경제적 손실을 각오하고 민족의 자존심을 세운다면 오히려 훗날 득이 될 것이란 사실을 정부가 하루빨리 깨달았으면 합니다.

가슴을 뜨겁게 데운
씨앗 한 알

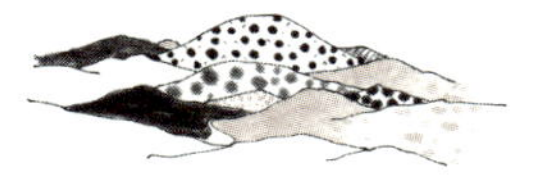

죽의 장막이라는 중국을 처음 방문한 것은 1986년 초가을이었습니다. 소설가의 첫 방문이어서 국가정보원의 허가 과정도 복잡했고, 중국 방문을 발설하지 않겠다는 서약서까지 써야 했습니다.

그곳에서 한국말을 유창하게 하는 조선족 재야 사학자를 우연히 만나게 되었습니다. 그는 머지않아 중국이 고구려와 발해 역사를 자국의 역사에 포함시키고, 북한을 종속국으로 삼기 위해 학자들을 동원하여 역사 왜곡을 강행할 것이라고 말했습니다.

저는 터무니없는 얘기라고 생각했습니다. 도저히 믿을 수 없었습니다. 그 당시에는 중국에 살면서 나래를 펴보지 못한 재야 사학자의 뼈에 사무친 국수주의적 발상이거나 지나친 민족주의쯤으로 여겼지요.

그러나 그의 달변이 점점 제 가슴을 휘젓기 시작했습니다. '헛소리가 아니면 어쩌지?' 하는 근심이 가슴속에 기묘한 씨앗 한 알을 떨어뜨렸습니다.

1991년 여름, 한중 국교가 수립되고 왕래가 좀 더 자유로워지면서 고구려 역사 기행을 시작했습니다. 그 과정에서 장엄한 고구려와 발해의 역사를 중국이 의도적으로 훼손하고 있다는 사실을 눈으로 확인할 수 있었습니다.

고구려 도읍지였던 국내성의 성곽이 아파트의 경계석으로 변하고, 성벽의 돌이 주택의 울타리가 되거나 빨래판이 되어버린 걸 보면서 견디기 어려울 만큼 분노를 느꼈습니다.

장군총 한쪽 벽이 무너진 채 그대로 방치되어 있는 데다 광개토대왕릉비가 호태왕비로 불리는 것도 참기 힘들었습니다.

백암성 성벽이 무너져 흉물이 된 모습이나, 고구려성의 빼어남을 상징하는 해자, 옹성, 치, 망대가 무너져버린 졸본성을 보니 가슴이 시려왔습니다.

어느 날 법륜 스님께서 저를 불러 앉히고 회초리를 들었습니다. 그것은 곧 국회의원으로 좋은 평가를 받고 있던 제게 따끔한 가르침이 되었습니다.

"우리가 버린 발해 역사를 우리 민족사에 남기는 게 국회의원을 10번 하는 것보다 낫다. 그래서 10년, 30년 뒤의 대한민국을 예견하는 지혜를 얻으라."

저는 이 가르침에 큰 깨달음을 얻고 발해의 흔적을 찾아 나서기로 마음먹었습니다. 발해의 역사를 추적하면서 저는 발해를 저버린 것은 다른 강국이 아닌, 바로 우리 자신이었다는 사실을 깨달았습니다.

제가 찾아볼 수 있던 발해에 대한 기록은 제3대 문황제(文皇帝) 대흠무(大欽茂)의 둘째 공주 정혜(貞惠)와 넷째 공주 정효(貞孝)의 비문 1,500여 자 말고는 남은 게 없었습니다. 게다가 이름, 나이, 묻힌 곳 정도만 빼고는 두 비문의 글자가 똑같아서 큰 도움이 되지는 않았습니다.

비문에서 역사적 고증이 될 만한 것이라곤 발해가 황제 국가였고. 불교를 숭상했으며, 여자 스승이 있었다는 사실과 황실 묘역의 지명 정도였습니다.

우리 역사에서 발해는 침묵의 천년이라는 슬픔을 안고 있었습니다. 남쪽에 신라가 있고 북쪽에는 광대한 발해가 있었지만, 남북국 시대라고 부르는 대신 우리 스스로 삼국통일 시대라고 협소하게 규정했습니다. 이는 결국 역사를 왜곡하고 웅대한 발해를 저버린 어리석은 행동입니다.

게다가 이 과정에서 고구려마저 가볍게 여기고 부여를 소홀히하고 단군, 환웅, 환인마저 버리는 슬픈 일이 벌어졌습니다.

무서운 속도로 경제 발전을 거듭하는 중국의 거대한 블랙홀에 한국, 일본, 싱가폴, 대만 등 아시아 일대가 빨려 들어가고 있다는 느낌을 받았습니다. 그러다 문득 북한이 갑자기 붕괴된

다면 북한이 중국 영토로 흡수될지도 모른다는 생각이 들면서 불안감에 휩싸였습니다.

저는 정계의 최고 지도자에게 대(對) 중국 대책 기구를 만들어 중국을 견제할 방법에 대한 종합 대책을 강구해 달라고 간곡히 요청했습니다. 그는 저의 제안을 검토해 보겠다고 약속했지만, 얼마 뒤에 중국을 방문하고 돌아와 저를 다시 불렀습니다.

"김 의원이 중국에 대해 너무 예민한 것 같소. 내가 이번에 중국을 둘러보니 별거 아닙디다. 걱정하지 마시오."

저는 크게 실망하여 덕망 높은 국회의원으로 알려진 선배를 찾아가 그 지도자의 어리석은 국가관과 중국을 가볍게 여기는 태도에 대해 울분을 터뜨렸습니다.

"지도자의 소견이 저 정도면 나라의 앞날이 걱정입니다. 나는 정치 생명을 버리고서라도 비판자로서 바른 말을 계속할 것입니다."

선배 의원은 소리 내어 웃더니 열을 내고 있던 내게 의미심장한 말을 던졌습니다.

"김홍신답다. 미래를 볼 줄 모르면 지도자 반열에 설 수 없지."

저는 이때부터 중국의 야욕을 파헤치고 널리 알려서 잃어버린 우리 민족사를 되찾자고 결심했습니다.

희망을 일구는 것은 꿈이요
꿈을 갖고 닦는 것은 열정입니다

1백만 장으로도 다 그릴 수 없는 광대무변한 발해의 역사를
저는 오늘도 다시 돌아보고 있습니다.

자존감을 찾기 위해 떠난 역사 기행

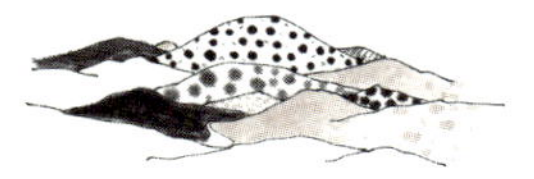

저는 국회의원이 되고 나서 역사 비평으로 정평이 난 공자(孔子)의 춘추필법(春秋筆法)을 액자로 걸어두고 늘 그 정신에 따라 살겠다고 다짐했습니다. 그러나 발해 역사에 관심을 갖고 이를 추적하기 시작하면서 액자를 치워버렸습니다.

공자의 춘추필법은 여러 가지 뜻을 내포하고 있는 한자의 특징을 이용해 에둘러 역사를 기록하는 서술 방식인데, 알고 보니 다음 세 가지 원칙을 지니고 있었습니다.

첫째, 존화양이(尊華攘夷)로 중국은 높이고 외국은 깎아내리고,

둘째, 상내약외(詳內略外)로 중국은 상세히 기록하고 외국은 간단히 기술하며,

셋째, 위국휘치(爲國諱恥)로 중국의 수치스러운 것은 숨긴다.

이러한 의미가 숨어 있는지 알지도 못하고, 우리의 모화 선비들은 앞 다투어 춘추필법의 장단에 춤을 추고 중국 사서를 베끼며 우리 역사를 수치스럽게 만드는 행동을 서슴지 않았습니다.

현대인들이 과거를 추적할 때 역사적 기록에 근거하는 경우가 많습니다. 그만큼 기록의 중요성은 쉽사리 무시할 수 없는 것이지요. 우리 학계에서 발해의 역사가 침묵하는 동안, 중국의 왜곡된 역사 기록만 후세에 전해질 것을 생각하니 울분이 차올랐습니다.

저는 우리가 버린 역사를 고증하여 천년의 침묵을 깨뜨리기

로 작정하고 스스로 옥살이를 각오했습니다. 권부로부터 장관급 공직과 출마 제의가 있었지만 모두 거절한 채, 중국의 야욕과 맞서겠다며 모진 결심을 했습니다.

하루 12시간 이상 책상에 앉아서, 매일 200자 원고지 20매 이상 쓰며, 모임과 행사에 나가지 않고, 아프지 말며, 오직 『대발해』 집필을 마칠 때까지 제 영혼을 쥐어짜기로 작정했습니다.

이러한 결정에 망설임은 없었습니다. 제 영혼을 바치기로 작정했는데도 문득 앞을 보니 살아온 날보다 살아갈 날이 너무 짧아 보여 이 일을 어찌할까, 하는 걱정만 앞설 뿐이었습니다.

『대발해』 집필을 위해 스승을 따라 아흐레 동안 무려 4,300킬로미터에 걸쳐 역사 기행을 떠났습니다. 새벽 3시 30분에 일어나 밤 12시가 넘어서야 잠자리에 드는 강행군이었습니다. 저는 너무 오랫동안 책상에 앉아만 있고 햇빛을 보지 않고 운동을 하지 않은 탓에 요로결석을 앓았는데, 그때는 병원에서 수술을 하고 퇴원한 지 엿새 만이었습니다.

첫날 백암산성을 거쳐 졸본성과 환도산성을 견학할 때까지만 해도 고통을 참으며 겨우 버텨낼 수 있었습니다. 그 다음으로 고구려 임금들이 하늘과 선조에게 제를 올렸던 국동대혈(國東大穴) 통천동(通天洞)을 찾았습니다. 그런데 이곳에서 제주가 되어 환인, 환웅, 단군께 제사를 올리고 발해의 시조 대조영에게 『대발해』의 집필을 고한 뒤에는 몸을 가누지 못할 정도가 되었습니다.

실려가야 할 만큼 몹시 아팠고, 일행들은 역사 기행을 그만두길 권했습니다. 그렇지만 저는 한여름 날씨에 겨울옷과 담요를 뒤집어쓴 채 몸을 떨며 무너지는 장군총과 폐허가 되어가는 국내성, 관마산성을 돌아보았습니다.

이튿날 새벽, 백두산으로 향하는 버스에서 저는 오늘까지만 버티게 해달라고 기도했습니다. 백두산 정상에서 감자와 옥수수로 요기하고 천신만고 끝에 천지에 올랐습니다. 천지에 발을 담그고 내려오면서, 저는 신기한 경험을 했습니다. 몸이 아주 가벼워진 것입니다. 일행들이 걱정할 정도로 몸을 가누지 못하던 제가 일행과 어울릴 정도로 몸이 좋아졌습니다.

동행한 이들이 아픈 몸에도 불구하고 통천동에서 제사 올리고 백두산 상봉과 천지에 올라 선조들의 발자취를 더듬은 저의 뜻을 하늘과 선조들께서 갸륵하게 여긴 덕이라고 말해 주었습니다. 『대발해』가 출간되면 스테디셀러가 될 조짐이라며 격려해 주었지요.

이때부터 하루에 두세 시간씩 자면서 청산리 전투터, 중경현덕부, 용정, 일송정, 고구려의 책성, 도문, 발해진, 상경용천부, 경박호, 24개석, 동모산 등을 탈 없이 답사했습니다.

특히 동모산 밀입 작전은 은밀하게 진행되었습니다. 휴대하기 간편한 디지털카메라를 바지 주머니에 감춘 채 발해의 흔적을 좇기 시작했습니다. 중국이 은밀히 발굴한 발해의 유물과 사료를 공개하지 않는 것은 역사 왜곡의 치부가 드러나는 것을 두려워하기 때문입니다.

발해를 세운 대조영이 칭제건원하고 도읍으로 정한 동모산은 중국에 의해 10여 년 전부터 봉쇄된 상태였습니다. 중국은 황실묘역으로 추정되는 복동[福洞, 옛 염곡(染谷)]과 육정산〔六頂山, 옛 우정산(牛頂山)〕 또한 왕래를 막았지요.

최근에는 발해의 본거지라 할 수 있는 상경용천부(上京龍泉府)도 남쪽 성곽을 빼고는 모두 봉쇄된 상태입니다. 또한 발해 사람들이 이용한 교통로나 주요 접근로를 연구하기 위해 꼭 살펴봐야 할 역참(驛站, 24개석으로 통칭하고 있음)은 이미 쓰레기더미로 변했거나 밭이 된 상태였습니다. 그냥 봐서는 도저히 중요한 역사적 현장이라고 할 수 없을 지경이었지요.

저는 구속을 각오하고 역사의 궤적을 추적하기로 했습니다. 중국인처럼 보이기 위해 허름한 차림을 하고, 중국산 빵을 베어 먹으며 감시 초소를 지났습니다. 타고 온 택시는 멀찍이 숨겨둔 채 지인의 도움을 받아 동모산을 샅샅이 뒤졌지요.

동문을 거쳐 샘터, 교련장터, 군막터를 두루 살피고 서문에 올라 옹성의 생김새를 살폈습니다. 고구려 성곽의 특징이 고스란히 남아 있었습니다. 중국 당국이 발굴하고 아무렇게나 팽개쳐둔 유적을 보면서 울분이 솟구쳤습니다.

저는 누차에 걸쳐 발해 유적지를 찾아다니며 발해의 흔적을 수첩과 사진과 혼에 담았습니다.

1,300여 년 전의 발해의 유물인 삼베 자국이 선명한 기와와 질그릇 파편을 여행 가방에 챙겼습니다. 공항에서 발각되는 순

간 구속될 거라며 주변에서 극구 말렸지만 전 이렇게 대답했습니다.

"하늘과 조상들께서 도와주실 겁니다."

지금 내 책상 앞에 있는 발해의 유물은 그렇게 해서 얻게 된 것입니다.

중국 사료인 『신당서』에 따르면 발해의 강역은 사방 5천 리라고 기록되어 있습니다(당시에는 10리가 5.6킬로미터였습니다). 중국의 동북 3성은 물론이고 러시아의 연해주 일대까지 발해 땅이었다는 뜻입니다. 그래서 지인들의 도움을 받아 러시아 지역까지 뒤지기 시작했습니다.

특히 러시아 블라디보스토크 소재 극동대학교에서 한국학을 전공한 웰홀략 교수는 발해 유적지를 직접 안내해 주며 대학 박물관에서 소장하고 있는 발해 유물의 가치를 크게 칭찬했습니다. 저는 웰홀략 교수에게 진지하게 제 의사를 전달했습니다.

"러시아에 소장된 발해 유물의 주인은 본래 한국입니다. 극동대학이 소장한 유물 가운데 발해의 흔적이 또렷한 것을 기증해 주시기 바랍니다. 제가 발해에 관한 역사소설을 집필 중인데, 항상 책상머리에 두고 우리 선조들의 웅혼한 기개를 기억하고 싶습니다."

그는 고개를 끄덕이며 작가의 열정이 고마우니 대학 측과 상의하겠다고 약속했습니다. 그리고 1년 만에 극동대학 박물관이 소장하고 있던 발해 유물 20점을 기증 받았습니다.

제 대신 유물을 받아 오던 지인은 블라디보스토크 공항 검색대에서 가방을 샅샅이 수색당하는 어려움을 겪었습니다. 한두 점도 아니고 20점이나 되는 데다가 박물관의 고유 번호가 찍혀 있는 각양각색의 질그릇과 기와 파편을 예사롭지 않게 여겼던 것입니다. 러시아의 보물을 밀반출하는 것으로 오해한 공항보안관은 꼼꼼하게 싼 유물들을 모두 풀어 확인한 뒤에야 지인을 탑승시켰습니다.

여러 해 동안 『대발해』 집필을 위해 500여 권의 자료를 모았습니다. 꼼꼼하게 읽고 정리하면서 그동안 발해의 역사가 처참

하게 지워졌다는 사실을 실감했습니다. 제가 찾은 것의 대부분은 중국 측 사료와 자료인데, 그 기록은 처음부터 끝까지 왜곡되었거나 편파적이었습니다.

예를 들면 중국이 외국에 보낸 것은 모두 선물(膳物)이며 받은 것은 모두 조공(朝貢)이라고 기록되어 있었습니다. 그리고 '오랑캐 이(夷)' 자도 본래 군자, 뿌리, 겨레를 뜻했으나, 중국이 마음대로 오랑캐로 의미를 바꾸었다는 사실을 알게 되었습니다.

더욱 분노가 치밀었던 것은 그런 중국의 역사 기술을 비판 없이 정사(正史)로 받아들인 우리의 역사 기술이었습니다. 우리 학자들이 나라와 나라 사이에 주고받는 국서(國書)에서 '할 위(爲)' 자를 우리가 보낸 것은 '하옵소서'로, 우리가 받은 것을 '하라'로 번역했으니 정말 부끄러운 일이 아닐 수 없습니다. 심지어 무역로인 당도(唐道)를 조공도(朝貢道)라고 표기하는 경우도 있었습니다.

중국이 발해 역사를 자국에 유익한 쪽으로 기술하고 그것이 마치 사실인 것처럼 역사를 왜곡하고 있음을 더 이상 간과해서는 안 될 것입니다.

물론 누구에게나 인정하고 싶지 않은 아프고 부끄러운 역사

가 있게 마련입니다. 그렇다고 부끄러운 역사를 숨기며 그릇되
게 기록하는 것이 정당한 일이라 할 수는 없습니다. 실패한 역
사를 통해 미래를 예견하는 지혜를 얻는 과정에서 그 나라는
더욱 크게 나아갈 수 있는 것입니다.

영원히 퇴고해야 할
찬란한 기록

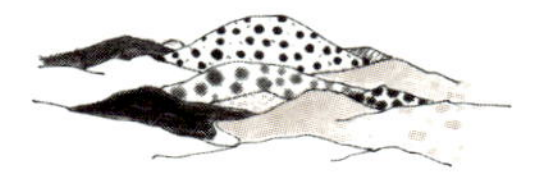

5년 동안 자료를 모으고 취재를 마친 후, 3년여를 햇빛마저 보지 않은 채 책에 매달린 후유증은 한두 가지가 아니었습니다. 만년필로 원고를 쓴 탓에 오른팔과 어깨가 마비되어 온갖 치료를 받아야 했습니다.

새벽 3시 이후에 잠들어 아침 10시가 넘어서 일어나면 다시 하루 종일 책상에 매달려 씨름해야 했습니다. 그렇게 쌓인 스트레스를 이기지 못해 머리칼이 빠지기 시작했습니다. 말없이 아래만 쳐다보며 살았던 탓에 얼굴 표정이 변했으며, 시력은 나빠졌고, 체형마저 변해 버렸습니다.

그렇지만 저는 『대발해』를 쓰는 동안 한국인으로 태어난 것이 자랑스럽고 영광스러웠습니다. 우리 민족의 웅혼한 기상이 제 피 속에 고스란히 살아 있는 것을 어찌 기뻐하지 않겠습니까.

저는 『대발해』의 마지막 장면을 비참하게 그렸습니다. 마지막 황제 대인선(大諲譔)이 소복 차림에 새끼줄로 몸을 묶고 양한 마리를 끈 채 거란의 야율아보기(耶律阿保機)의 발아래 엎드려 항복을 청합니다. 소복은 항복을 뜻하고, 새끼줄로 몸을 묶은 것은 목숨을 처분에 맡긴다는 뜻이며, 양은 온순하게 항복하겠다는 의미지요.

이에 야율아보기는 황제 대인선에게 오로고(烏魯古)란 이름을 하사하고 황후에게는 아리지(阿里只)란 이름을 하사합니다. 야율아보기의 애마 이름이 오로고이고 그의 아내 술율의 애마이름이 아리지였으니, 멸망한 발해 황제와 황후를 짐승처럼 취급한 것입니다.

제가 이렇게 처참한 최후를 대단원의 마지막 장면으로 설정한 이유는 대한민국의 현실을 크게 걱정하며 역사에서 우리의 기백을 되찾아야 한다는 뜻을 강조하기 위해서였습니다.

나라가 멸망할 때는 대체로 다섯 가지 요인이 있습니다. 첫째로 내분으로 나라가 어지럽고, 둘째로 지도자가 어리석고 못나서 사리에 어두울 만큼 혼암(昏暗)하며, 셋째로 지도층이 호화 사치에 빠지고, 넷째로 민심이 이반하며, 다섯째로 외침(外侵)을 받는 것입니다.

우리나라의 현실이 이 다섯 가지 요인이 지적하고 있는 상황과 흡사하다는 느낌을 지울 수 없었습니다. 그렇다고 좌절할 것이 아니라, 대한민국이 IMF와 같은 경제 전쟁의 패망을 겪었는데도 이만큼 나라를 굳건히 지탱한 힘은 바로 우리 민족의 웅혼한 기백과 장엄한 민족혼에서 찾을 수 있음을 알리고 싶었습니다.

2006년 12월 7일 02시 54분, 저는 비로소 『대발해』 1만 2천 장을 탈고했습니다. 저는 그 밤에 바다와 산이 함께 있는 설악산으로 달려가려고 현관을 나섰습니다.

어지러웠습니다. 눈앞이 흐려졌습니다. 가슴속에 불길이 솟는 듯 몹시 뜨거웠습니다. 지금 집을 나서면 벼랑에서 추락할 것 같은 불길한 예감이 들었습니다. 그래서 술을 마셨습니다. 취하도록 마시고 혼자 소리를 질렀습니다. 내 혼을 살라 『대발해』를 드디어 끝냈다고…….

지난 일들이 주마등처럼 떠올랐습니다. 오전에 눈을 뜨면 '아! 오늘 하루 나는 어찌 살지……. 내가 살아 있은들 무슨 낙이 있지. 죽으면 모든 걸 잊을 텐데……'라며 매일매일 죽고 싶었던 그 고통의 나날을 떠올리며 저는 쏟아지는 눈물을 감추지 못했습니다.

그러나 그게 끝이 아니었습니다. 1만 2천 장의 소설을 퇴고하면서 저는 정말 모든 것을 포기하고 싶었습니다. 쓸 때는 그럴듯했는데, 막상 고치려니 모두 다시 쓰고 싶을 만큼 마음에 차지 않았습니다. 불태워버리고 싶은 충동을 겨우 눌렀습니다.

그래서 출판사에 출간을 미루고 새로 쓰겠다고 우겼습니다. 그러면서 속으로는 정말로 다시 쓰게 되면, 쓰는 동안 스스로 자결할 것 같은 생각이 들어 몸을 떨었습니다.

퇴고하는 7개월 동안 1만 2천 장에서 무려 3,500장을 버리고 1천 장을 새로 써 넣었습니다. 제 육신을 칼로 저며 내는 듯 고통스러웠습니다. 그렇게 해서 9,500장으로 10권을 묶었습니다. 하루에 15시간씩 퇴고에 매달렸습니다. 내 인생을 건 발악 같았습니다. 주변에서 고(故) 최명희 선생이 『혼불』을 끝내고 혼을 사르며 사라졌듯, 제가 『대발해』를 끝내고 혼이 삭아 죽을 것 같다며 그만둘 것을 강하게 청할 정도였지요.

그러나 저는 더 미친 듯 매달렸습니다. 그것만이 제가 사는 이유인 것처럼 말입니다.

『대발해』 10권이 완간되면 저는 가방 하나 달랑 들고 깊은 산에 들어가 몸을 추스르고, 쥐어짜서 말라비틀어진 제 영혼을 다독이고 싶었습니다. 그래서 늦은 시간임에도 불구하고 탈고를 하자마자 설악산을 향해 달려갔던 것이지요.

그러나 일주일 만에 2쇄 소식을 듣고 다시 교정에 매달렸습니다. 아직도 『대발해』의 퇴고는 끝나지 않았습니다. 어쩌면 평생 퇴고하게 될지도 모릅니다.

우리 민족사의 찬란한 기품을 어찌 겨우 1만 2천 장으로 정

리할 수 있을까요? 1백만 장으로도 다 그릴 수 없는 광대무변
한 발해의 역사를 저는 오늘도 다시 돌아보고 있습니다.

실패의 반대말은 무엇입니까?

5장

희망을 잃으면 모든 걸 잃는 셈입니다. 희망은 미움과 분노와 갈등을 털어내는 것으로부터 시작됩니다. 남 탓을 하면서 신명이 생길 리 없고, 누굴 미워하면서 흥이 생길 리 없으며, 쓸모없는 짐을 무겁게 지고는 앞으로 달려 나갈 수 없습니다.

힘겨운 때일수록
빛나는 저력

"초년에 고생했고 자수성가했으며, 부모덕은 지지리도 없는
데다 죽을 고비 참 여러 번 넘겼구랴."

점쟁이가 이렇게 말하면 얼추 용하다는 소리를 듣는 게 사실
입니다. 그 시절에 누구인들 어린 시절을 풍족하게 보낸 사람
이 있었겠습니까. 그러니 부모덕이 없었지요. 예전에 비해 지
금은 밥술이나 먹으니 자수성가한 셈일 수밖에요. 한국인치고
연탄가스에 김칫국 마시고 깨어나지 않은 사람이 얼마나 되겠
습니까. 의료 수준이 떨어졌으니 홍역 마마도 죽을 고비요, 출
산 과정에서 죽다 살아난 사람투성이에, 배고픈 군대 생활과

월남전, 중동의 근로 대열로 이어지는 세월에 죽을 고비는 부지기수였습니다.

　나라별 국토의 크기로 따져 고작 0.078퍼센트의 땅에 인구 0.77퍼센트로 세계 교역량 12위를 달성한 국민이니, 그 고초가 오죽했겠습니까. 우리의 현대사를 죽 훑어보면 고비고비 참담한 고통의 역사가 도사리고 있다는 걸 알 수 있습니다.

　해방 공간의 분단과 혼돈, 한국전쟁의 비극과 이념 갈등, 절대 빈곤과 독재, 4·19 혁명과 5·16 쿠데타의 격변, 군사 독재의 장기화와 민주화의 갈등 양상, 무분별한 산업화로 인한 빈부 격차와 지역 갈등, 광주민주화운동과 6·10 항쟁, 그리고 우리를 참담하게 했던 IMF, 셀 수 없는 억압과 인권 유린 속에서 자유를 갈망하던 민중의 함성…….

　그러나 그럴 때마다 우리 민족은 놀라운 저력을 보여주었습니다. 그 저력의 끈은 흥이었고 신명이었으며 희망에 대한 열정이었습니다. 고도성장을 이끌어낸 것도, 독재와 맞선 민주화 물결도 그러했고, 올림픽에서부터 붉은악마의 함성과 촛불 행진에 이르기까지, 우리는 신명나게 한바탕 흥으로 화합과 도약을 일구어내곤 했습니다.

한국인의 민족적인 특질로 한과 흥을 함께 꼽기도 합니다. 한번 흥이 나면 못할 게 없을 정도로 신바람을 내지만, 흥이 깨지면 한이 맺혀 분노하고 좌절하며 죽도록 남 탓을 한다는 것입니다.

요즘, 모두들 사는 게 어렵다고들 합니다. 내 탓보다는 남의 탓인 듯싶으니, 더욱 화가 치밀 만도 할 것입니다. 누군가를 미워하고 원망하고 탓해서 지금의 고통이 가시기만 한다면 그럴 만한 가치가 있겠지만, 결코 그렇지 않다는 것을 스스로도 알고 있을 것입니다. 그럴 바에야 차라리 그 험한 세상을 뚫고 여기까지 달려온 우리의 저력을 다시 한 번 꺼내어 갈고닦아보면 어떨까요?

과학자들의 실험 결과에 따르면 중증 환자라도 희망을 가지면 놀라운 치유 능력을 보이지만, 가벼운 환자라도 좌절하면 회복하기 어려운 경우가 수두룩하다고 합니다.

희망을 잃으면 모든 걸 잃는 셈입니다. 희망은 미움과 분노와 갈등을 털어내는 것으로부터 시작됩니다. 남 탓을 하면서 신명이 생길 리 없고, 누굴 미워하면서 흥이 생길 리 없으며, 쓸모없는 짐을 무겁게 지고는 앞으로 달려 나갈 수 없는 것이 세상 이치인 것입니다.

물론 신명나야 할 국민들의 흥을 깨뜨리는 무리들이 많다는 걸 부정할 수는 없습니다. 국민을 두려워하지 않는 정치, 세월이 조금만 지나면 아무것도 아님을 깨닫게 될 이념 대립, 제 주장만 옳고 다른 이야기엔 귀를 막는 집단 이기주의, 말로만 국민을 섬기고 돌아서면 뱃속 채우기 바쁜 가진 자와 쥔 자들의 도덕적 이중성…….

이렇다 할 자원도 없는 작은 땅덩어리마저 둘로 갈라져 총부리를 마주 겨눈 상태에서 나라가 이만큼이나 가꾸어진 바탕에는 한국인의 신명 바이러스가 작동했다는 걸 인정하지 않을 수 없습니다.

현대 산업의 쌀이라는 메모리 반도체 분야에서 세계 제일이라는 명성을 차지한 것도 한국인의 신명 바이러스 때문이고, 한류 열풍이 아시아를 파고드는 까닭도 따지고 보면 한국 상품과 한국인의 저력 그리고 한국인의 신명이 스며 있는 덕이라고 해야 옳을 것입니다.

힘겨운 때일수록 저력은 더욱 빛나는 법입니다. 다시 한 번 우리 사회에 신명 바이러스가 무섭게 번져 나갔으면 좋겠습니다.

위인들의 인생이
감동적인 까닭은

실패에 대한 솔직한 고백 때문입니다

실패를 인정하는 것은 부끄러운 게 아니라.
대범한 용기이자 더 나은 미래를 기약하는
현명한 방법임을 잊지 말아야 합니다.

위기는 역시
또다른 기회입니다

　한국의 현재 상황을 '위기'라고 진단하는 사람들이 많습니다. 언제나 미래에 대한 막연한 불안감은 존재해 왔지만, 당장 닥친 불경기와 사회적 불안, 정치적 불신의 반사작용이 사람들에게 더 크게 작용하고 있습니다. 더구나 위기를 진단하는 사회의 노력이 부족하다는 걸 체감하기 때문에, 국민들은 더욱 불안감을 느끼는 것 같습니다.

　위기는 저절로 극복되지 않습니다. 적어도 위기를 만들어낸 원인을 규명한 뒤에야 해결의 실마리가 보이는 법입니다. 다시 말해 '실패'를 인정하지 않고는 위기를 극복할 수 없다는 말입니다.

우리 사회는 대체로 실패를 인정하지 않는 편입니다. 민생이 힘겨워도 변명거리부터 찾고, 정책 실패를 따지고 들면 남 탓을 먼저 하며, 사회적 갈등도 핑곗거리를 그럴듯하게 만들어 둘러대곤 합니다.

한국인들의 자존심에는 실패를 부끄러워하는 기질이 있는지도 모릅니다. 하지만 성공 신화를 만들어낸 사람들의 자서전이 감동적인 까닭은 실패를 솔직하게 고백하고 있기 때문입니다. 과연 실패를 경험하지 않은 인생이 있을까요?

미국 워싱턴 주 타코마 현수교가 완공 4개월 만인 1940년에 붕괴되었습니다. 초속 19노트의 산들바람에 다리 기둥 상판을 지지하는 버팀판이 움직였고, 이 작은 움직임이 새로운 진동을 동반하는 공진 현상을 일으켜 붕괴된 것입니다.

그러나 다행스럽게도 붕괴 장면을 카메라로 생생하게 기록한 덕에 바람의 진동 메커니즘이 규명되었습니다. 미국 정부는 이 다리를 사적으로 지정하여 실패의 교훈으로 삼고자 했습니다다. 이러한 노력 끝에 미국은 다리 공사에 있어서 세계적인 명성을 자랑하게 되었습니다.

현명한 사람은 항상 자신이나 다른 사람의 실수를 통해 무언가를 배웁니다. 실패가 쌓이면 실력이 된다는 것은 자명한 이치입니다. 성공한 나라와 성공한 기업은 실패를 거쳐 결국 성공을 일구어냅니다.

2차 세계대전에서 패망한 독일은 전쟁에서 패배한 원인을 연구해 '실패 보고서'를 만들었고, 이를 바탕으로 나라를 다시 일으킬 방법을 모색하였습니다. 이러한 노력이 통일을 앞당기는 데 큰 원동력이 되었겠지요. 패전국인 일본 역시 선진국 대열로 뛰어오르기 위해 일본의 지식인을 비롯한 정부에서 각양각색의 실패 보고서를 만들어서 도약의 발판을 마련했다고 합니다.

99번의 실패의 순간을 거쳐 100번째에 성공했다고 합시다. 만약 99번의 실패의 과정을 적나라하게 공개한다면, 다음 세대는 적어도 50번 정도는 실패의 횟수를 줄일 수 있을 것입니다. 그래서 실패는 성공에 대한 예방주사이자 더 나은 미래를 설계하는 교과서인 것입니다.

우리의 모습은 어떻습니까? 우리의 위기관리 능력은 과연 어느 수준일까요? 중국이라는 거대한 블랙홀을 목전에 둔 채 강대국들의 목 죄기에 시달리고 있는 상황에, 갈등과 대립으로 인한 분열이 심화되는 국내 사정을 치유하지 않고 앞으로 나아갈 수 있을까요?

실패를 인정하지 않고 오히려 남의 실패와 실수를 집요하게 비난하는 우리의 모습으로는 더 나은 대한민국을 기대하기는 어려워 보입니다.

과거사의 진상을 규명하는 것도 알고 보면 실패 보고서를 작성하는 것과 같습니다. 친일파와 애국자를 가려내는 것은 역사를 재조명하는 작업이며, 이를 통해 다시는 나라 잃는 서러움을 겪지 말자고 다짐하는 행위인 것입니다.

실패를 인정하는 것은 부끄러운 게 아니라, 대범한 용기이자 더 나은 미래를 기약하는 현명한 방법임을 잊지 말아야 합니

다. 실패를 뒤집는 것은 희망이고, 희망을 일구는 것은 꿈이며, 그 꿈을 갈고닦는 것은 열정입니다. 미래의 우리 모습이 걱정스럽다면 지금 바로 정치, 경제, 사회, 문화 등 모든 분야에 대한 실패 보고서를 작성해야 합니다.

세상은 하루가 다르게 변화하고 있습니다. 불과 10년 후에 대한민국이 어떤 모습일지 예리하게 분석할 필요가 있습니다. 그때 후회한들 무슨 소용이 있겠습니까.

해외에서 우리의 자존심을 세워주고 있는 삼성전자와 현대자동차 기업의 성공 이면에는 얼마나 뼈아픈 실패와 실수가 있었을지 우리는 짐작조차 할 수 없습니다. 그러나 그 실패를 가치 있는 성공의 자료로 삼은 열정 덕에 아름다운 성공을 이루어낸 것입니다. 우리도 실패를 인정하고 앞으로 나아가야 할 때입니다.

젊다는 사실 하나만으로도 존귀한 존재

말콤 글래드웰이 쓴 『아웃라이어』에 따르면, 각 분야에서 성공한 사람들을 추적, 조사, 분석해 보니 대부분 1만 시간 정도 연습했거나 연구한 사람들이었다고 합니다. 하루 3시간씩이라 치면 10년이 꼬박 걸리는 세월입니다. 과연 그들은 10년 동안 한 번도 실패하지 않았을까요? 경쟁이 치열한 시대에 조금이라도 돋보이는 사람들을 세상이 그냥 두었을까요?

1980년대 여자 복식 탁구의 여왕으로 불리었던 양영자, 현정화 선수의 훈련 과정을 지켜본 적이 있습니다. 이른 아침부터 저녁까지 끊임없이 연습하는 모습은 차마 지켜보기 미안할 지경이었습니다.

제가 부모라면 당장 연습을 중단시키고 집으로 데려가고 싶을 정도였습니다. 오죽하면 운동선수의 훈련을 부모들에게 공개하지 않는다는 말이 나돌았을까요.

큰 자루에 가득 담긴 탁구공을 가지고, 재빠른 솜씨로 쉴 새 없이 이어가는 코치의 공격을, 땀 닦을 틈도 없이 받아치는 선수들의 모습은 신기에 가깝습니다. 그러나 수천 번의 공격을 모두 완벽하게 방어하는 건 아닙니다. 반드시 실패가 있기 마련입니다.

그런 훈련 과정을 안타깝게 지켜보던 저는 책임자에게 두 선수가 세계 대회를 제패한 비결을 물었습니다.

"실패를 두려워하지 않으면 무엇이든 가능합니다."

그 말을 듣는 순간 제 가슴에 쿵, 바위가 굴러떨어진 것 같았습니다. 젊은 시절, 저는 실패에 대한 두려움 때문에 얼마나 가슴앓이를 했던가요.

'남이 나를 어떻게 생각할까? 실패의 고통을 극복할 수 있을까?'

성공한 사람들을 부러워하며, 눌러도 눌러도 일어서는 시샘과 질투를 삭이는 것마저 힘겨웠습니다. 그 당시 실패를 담담히 받아들이는 법을 깨달았다면 얼마나 좋았을까요.

청춘은 실패해도 용서 받을 특권이 있는 대신, 희망을 버리지 않을 책임도 있습니다. 젊음은 사랑 앞에 무릎을 꿇을 줄 알아야 하지만, 험한 세상에는 굴복하지 않는 자존심을 가져야 하는 법입니다.

성공한 사람 1천 명을 선정해서 면밀하게 분석했더니, 첫째로는 정열적인 사람, 둘째로는 좋은 습관을 가진 사람, 셋째로는 목표 의식이 뚜렷한 사람이었다고 합니다.

정열적인 사람은 주어진 일에 최선을 다하며, 실수하더라도 반드시 딛고 일어서는 끈기가 있습니다. 남에게 관대하고 기쁨을 함께 나누며, 어려움이 닥치면 돌파하는 자존심이 강합니다. 또한 남의 슬픔이나 고통을 함께 짊어지는 인간애를 발휘하곤 합니다.

대학생들을 대상으로 강연을 하며 이렇게 물은 적이 있습니다.

"젊다는 사실 하나만으로도 그 존재 가치가 얼마나 존귀한지 알고 있습니까? 젊은이들이 부러워하는, 돈이 엄청 많은 재벌 총수, 큰 힘을 가진 권력자, 명예가 드높은 유명 인사들에게 그 자리를 내놓고 스무 살 젊은이와 인생을 바꾸자면 거절할까요, 받아들일까요?"

학생들은 머뭇거리며 대답하지 못했습니다.

'설마 그런 사람들이 모든 걸 내어놓고 스무 살 청년으로 돌아가고 싶지는 않겠지'라고 생각하는 듯했습니다.

"저라면 기꺼이 바꾸겠습니다. 그리고 물어보나마나 그 사람들도 흔쾌히 바꾸겠다고 할 것입니다."

제가 이렇게 말했지만 학생들은 쉽게 납득하는 눈치가 아니었습니다.

"왜냐하면 더 큰 꿈을 꾸고, 더 크게 도전하고, 더 크게 이루고 싶은 열정 때문에 기꺼이 바꾸려 할 것입니다."

그제야 학생들은 하나둘씩 고개를 끄덕였습니다.

버트란트 러셀 경은 이런 말을 남겼습니다.

"학창 시절에는 나보다 우수한 사람들이 많았지만 지금은 내가 가장 성공한 사람으로 평가 받는 이유는 딱 한 가지, 내 정열 지수 때문이다."

　또한 좋은 습관을 가진 사람은 늘 표정이 밝고, 웃는 모습이 푸근합니다. 그리고 약속을 잘 지키고, 책임 있게 행동하며, 위기를 임시방편으로 모면하지 않고 스스로에게 솔직합니다. 자신의 부족한 면을 스스로 인정하고, 그 부족함을 채우려고 부지런히 가다듬지요. 또한 남의 뒤를 따라가는 수동적인 사람이 아니라 앞서가는 능동형이면서도, 뒤처진 사람을 보살피는 멋진 성품을 갖추고 있습니다.

　새뮤얼 스마일스는 "생각의 씨를 뿌리면 행동을, 행동의 씨를 뿌리면 습관을, 습관의 씨를 뿌리면 성품을, 성품의 씨를 뿌리면 운명을 거둬들일 것이다"라고 했습니다.

　이렇듯 좋은 생각이 좋은 습관을 만들고, 좋은 습관이 성공한 인생을 만들어줍니다.

　마지막으로 목표 의식이 뚜렷한 사람은 자신의 미래를 잘 갈무리하려는 자존심이 강하며, 자기 인생 전체를 통찰해 방향을

설정합니다. 그러나 혼자만 행복한 게 아니라 남에게 기쁨을 주고 세상에 보탬이 되는 삶을 가꾸려 합니다.

『해리 포터』의 저자 조앤 K. 롤링은 대학을 졸업한 후 7년이 지나 이혼을 당한 데다 실직까지 했습니다. 이 상황에서 아이를 홀로 키우자니 아득했겠지요. 더 떨어질 데도 없을 지경이었지만, 그녀는 절박한 인생을 딛고 더욱 강인해졌고, 지혜롭게 일어섰습니다. 그녀에게 고통이 없었다면 세상에서 가장 유명한 작가가 되기는 어려웠을 것입니다.

사람이나 동물, 식물, 국가나 기업을 세심히 살펴보면 세상에 살아남은 것은 강한 게 아니라 적응을 잘한 것이란 사실을 깨닫게 됩니다.

세상에는 쉬운 일이 하나도 없습니다. 모든 일은 노력하고 수고한 만큼 되돌아오는 메아리 같은 것이라, 절로 떨어지는 과일 같을 수 없습니다. 그런데도 우리들은 쉽게 사는 방법을 찾는답시고 스스로를 괴롭히곤 합니다.

특히 젊음은 씨를 뿌리는 시절이지, 열매를 수확하는 시절이 아닙니다. 좋은 열매를 얻으려면 지금 좋은 씨앗을 구하고 부지런히 밭을 일구어 옥토를 만들며 울타리를 잘 만들어야 합니다.

가는 길은 멀고 험합니다. 그러나 가는 길에 행복과 기쁨이

주렁주렁 매달려 있습니다. 뚜벅뚜벅, 거침없이, 당당하게, 앞
장서서, 남을 기쁘게 하며, 세상에 보탬이 되는 사람으로 걸어
가면 세상은 머지않아 바로 당신의 것이 됩니다.

꼭
지키고자 하는 것이
있습니까?

중국은 이런 역사적 수모를 숨기기 위해 갖은 수를 다 써왔습니다. 처절할 정도로 고구려와 백제 역사를 불태운 뒤에 자국은 높이고 다른 민족은 낮추는 역사 왜곡을 수없이 감행해 왔습니다.

독도에서 느껴본
우리 땅의 향취

이틀 동안 독도에서 우리 땅의 냄새를 마음껏 맛본 기억은 제게 참으로 소중한 추억으로 남아 있습니다. 독도를 떠나면서 막사 앞 작은 화단에 꽃씨를 심어놓고 왔는데, 해마다 그곳엔 꽃이 피고 있을까요?

우리 일행은 헬기로 수송한 방송 장비를 독도에 설치하고 태극기를 휘날리며 당당하게 이곳이 한국 땅임을 자랑했습니다. 바람이 하도 드세어서 헬기장 쇠말뚝에 밧줄을 걸어 제 허리춤에 묶은 채 말입니다. 굳이 역사를 들추지 않아도 내 조국의 끝자락이 분명했습니다. 세월이 흐른 뒤, 비밀문서로 분류된 외

교 문서 속에 그날의 일을 트집 잡는 항의 문서가 포함돼 있을
지도 모르겠습니다.

　삼일절을 앞두고 대한민국 수도 한복판에서 주한 일본 대사
가 서슴없이 "독도는 일본 땅"이라고 억지소리를 했습니다. 그
러나 우리 정부는 "우리나라가 실효적으로 영유권을 지배하기
때문에 기존의 무대응 입장을 유지한다"고 했습니다. 우리 땅
을 굳이 우리 땅이라고 주장하지 않아도 우리 땅일 수밖에 없
다는 논리는 '상식적이고 보편적인 틀'에서나 가능한 말입니
다. '비상식과 계획된 음모' 앞에선 효력이 사라질 수밖에 없습
니다.
　옛 속담에 '억지가 논 서 마지기보다 낫다'는 말이 있습니다.
분명한 목적을 지니고 치밀하게 덤비는 일본의 집요함에도 소
극적으로만 대응하는 정부의 태도를 보고, 국민들은 국가적 자
존심에 상처를 입었다고 생각할 것입니다.
　유엔 해양법 제121조 3항에 "인간이 거주할 수 없거나 그 자
체의 경제활동을 유지할 수 없는 암석은 배타적 경제 수역을

가지지 않는다"고 명시되어 있습니다. 그러니 1999년에 발효된 이른바 신한일어업협정에서 우리 정부가 독도를 제외하면서 일본의 야욕에 불을 지핀 것일 수도 있습니다.

일본은 보란 듯이 독도 주변을 일본 영토로 못 박고 나섰습니다. 파도가 치면 보이지 않을 정도로 작은 암석인 오키노도리섬에 300억 원을 투입해 콘크리트 구조물을 만들어 남한 반절 크기의 영해를 확보하기도 했습니다.

유인도는 2가구 이상의 인구가 거주해야 하고 식수와 수목이 있어야 한다고 합니다. 그렇다면 독도를 국제법상 유인도로 만드는 일이 시급합니다. 지금은 사용하지 않지만, 서도의 벼랑 끝 지점에 식수로 사용해도 부족하지 않은 샘이 하나 있습니다. 과거에 거주했던 어부가 개발한 것이지요. 그리고 산림 전문가의 소견에 따르면, 모진 해풍에 견딜 만한 수종을 개발해 이식하고 관리만 잘해 준다면 독도에도 수목이 자랄 수 있다고 합니다.

독도 인근은 고급 어족 자산이 풍부하기 때문에 숙박 시설이나 주거 환경만 잘 마련되면 독도에 거주할 어부도 있을 것입니다. 자원자가 없더라도 국민 성금을 모아 매달 일정액의 지원금을 지급한다면, 독도에 거주하려는 사람을 찾기가 그리 어렵지는 않을 것입니다.

독도에 선박 해상 관광호텔을 짓는 것도 하나의 방법입니다. 자연스럽게 경제활동이 일어나면서 방문객도 늘어나겠지요. 사실 방법은 생각하면 얼마든지 있습니다.

일본은 국제사법재판소에서 승소하기 위해 50년간 집요할 정도로 다양한 주장을 펼쳐왔습니다. 우리나라가 국제사법재판관을 한 사람도 키워내지 못하고 그럴 생각조차 하지 못했던 사이, 일본은 끊임없이 일본인 재판관을 배출하려 애써왔습니다.

문제는 현재 한국 정부가 독도를 지키겠다는 분명하고 단호한 의지를 국제적으로 드러내지 않고 있다는 점입니다. 우리 땅이 분명하다면 무엇이 두려워 유인도화하지 못하며, 무엇이 겁나서 국민들의 자유로운 입도를 꺼리는 것일까요?

마라도와 홍도는 자유롭게 출입하고 있는 상황에 독도가 천연기념물이기 때문이라는 핑계는 옹색해만 보입니다. 우리가 지금 당당하지 않으면 훗날 무서운 재앙이 된다는 사실을 기억했으면 합니다.

우리가
간직해야 하는 것

얼마 전 중국 한 관광지의 지도를 보고 깜짝 놀라고 말았습니다. 몇 해 전까지만 해도 발해의 강역도를 드넓게 그렸지만, 근자에는 발해의 지도를 아주 작게 그려 관광지에 내건 것입니다. 관광 책자에도 협소하게 그려 넣었습니다. 스스로 발해를 당나라의 지방 정권이라고 주장하면서, 역사상 발해의 세력을 줄이기 위해 애쓰는 모습에 헛웃음이 나왔습니다.

한국인이 많이 찾는 집안 박물관의 머리말을 살펴보면 중국 역사 왜곡의 본질을 알 수 있습니다.

"고구려는 동북아 지구 고대 문명 발전에 중대한 영향을 끼친 중국 동북 소수민족 및 지방 정권의 하나다.

기원전 37년 고구려는 정권을 건립했다. 기원 3년에는 국내성으로 천도했으며, 기원 427년에 평양으로 천도했다. 그리고 기원 668년, 당나라에 의해 멸망당했다.

고구려는 존속한 기간 내에 독특하고도 특이하며 매력 있는 고구려 문화를 창조하였다. 이는 동북아 문명사상에 있어서 휘황한 편장(偏長)이다.

중국 집안 지구에 남겨놓은 고구려 유적은 그 무엇도 대체할 수 없는 견증(見證)이다. 고구려는 세상에 둘도 없는 역사문화가치를 지니고 있다."

이렇듯 중국은 역사적 물증이 분명한 고구려를 중국의 지방 정권으로 규정하고, 고구려를 당파(黨派)의 우두머리로 격하시켰습니다.

고구려가 당나라의 지방 정권이 아니라는 사실은 천하가 다 아는데, 이런 역사 도둑질을 거리낌 없이 저지르고 있었습니다. 하물며 역사적 물증이 턱없이 모자란 발해의 역사를 왜곡하기는 더욱 손쉬운 일일 것입니다.

발해는 당나라의 속국이 아니라 당당한 제국이었습니다. 역사적 사료가 이를 증명하고 있습니다.

서기 732년, 발해의 제2대 황제 대무예가 직접 군사를 이끌고 마도산(馬都山, 지금의 만리장성 근처)까지 침공했는데, 장문휴(張文休) 장군이 등주(登州, 지금의 산둥 반도)를 공격하여 자사 위준(韋俊)을 죽이는 큰 전과를 올렸습니다.

이에 당 현종은 신라 성덕왕에게 원군을 요청했습니다. 이에 신라에서 김유신의 손자 김윤중, 김윤문이 군사를 이끌고 발해를 공격했지만 패하고 말았습니다. 그렇지만 3년 뒤인 735년, 당 현종은 신라의 공을 기려 패수(浿水, 대동강) 이남 땅을 신라에 주었습니다. 만약 발해와 신라가 당나라의 속방이었다면 무엇하러 땅을 떼어주었겠습니까.

학계에서는 우리 민족은 본디 품성이 선해 한 번도 다른 나라를 침공한 적이 없음을 자랑으로 여겼습니다. 그러나 이는 발해의 강인한 정신을 우리 스스로 지워버린 사대주의적 발상에서 나온 생각임이 밝혀졌습니다.

또한 발해는 황제 국가에만 존재하는 3사 3공(三師三公) 제도가 있어서 태사(太師), 태부(太傅), 태보(太保), 태위(太尉), 사도(司徒), 사공(司公)의 별관(別官)을 두었습니다. 그리고 3대 황제 대흠무의 둘째 공주 정혜, 넷째 공주 정효의 비문에는 발해를 황상(皇上)이라 칭했는데, 이는 곧 발해가 황제 국가였음을 밝히는 것입니다. 당나라 기록에도 발해는 황제를 칭했다고 기록되어 있습니다. 제국에서 사용했던 연호와 조서를 사용했다는 기록도 있습니다.

또한 당나라가 외국의 인재를 초빙하기 위해 외국인에게만 시행하던 빈공과(賓貢科)라는 과거 제도를 두었는데, 신라의 최치원을 비롯하여 발해의 오소도, 오광찬, 고원고 등이 과거에 급제한 내역이 중국 사서에 상세히 기록되어 있기도 합니다.

인천 앞바다에서 가까운 거리에 있는 중국의 산둥 반도는 한국인 진출이 가장 활발한 곳입니다. 산둥 반도는 우리 역사가 기억해야 할 영욕의 지대입니다. 백제를 멸망시킨 당나라의 장군 소정방의 군대가 진발한 곳이자, 고구려 침공의 전진 기지이기도 했습니다. 그곳에서 발해의 수군 장수 장문휴가 당나라를 공격하여 발해의 기상을 보여주었습니다.

천험한 요새로 널리 알려진 등주는 수문만 닫아걸면 도저히 공격할 수 없는 가파른 절벽으로 이루어졌습니다. 저도 성벽을 사방에서 둘러본 적이 있는데, 함락시키기란 불가능해 보였습니다. 우리 선조들이 어떤 전술과 병법으로 등주성을 빼앗고 항복을 받아냈는지 신기할 정도입니다. 발해 군사가 물러간 뒤에 당조는 30만 운전금을 내어 등주성을 복구했습니다.

당연히 중국은 이런 역사적 수모를 숨기기 위해 갖은 수를 다 써왔습니다. 중국 쪽 기록에는 장문휴가 해적들을 이끌고 등주를 침공해 자사 위준을 죽였다고 간결하게 쓰어 있습니다. 중국은 처절할 정도로 고구려와 백제 역사를 불태운 뒤에 자국은 높이고 다른 민족은 낮추는 역사 왜곡을 수없이 감행해 왔습니다.

2008년 북경올림픽이 성공한 이후 중국의 동북공정은 본격적으로 진행되고 있습니다. 연변 조선족 자치주를 해체할 것이고, 고구려와 발해 역사를 중국의 역사로 편입하여 고구려와

발해 유적지를 중국의 문화유산으로 등재할 것입니다. 그리고 백제와 신라도 중국의 소수민족과 지방 정권으로 왜곡할 것입니다.

만약 지금 북한 체제가 붕괴된다면 과연 어느 나라에 흡수될까요? 동북공정을 강행하는 중국의 속셈에는 바로 북한을 종속국으로 삼으려는 야욕이 숨어 있습니다. 중국이 이렇게 애쓰는 동안 과연 우리는 무엇을 해왔을까요? 우리 모두가 기억해야 하고 지켜야 할 것이 무엇인지 다시 한 번 생각해 봐야 할 때입니다.

생명의 경계를 넘나드는 사람들

굶주림에 지친 온 가족이 가진 모든 것을 청산하여 마지막으로 쌀밥 한번 먹고 죽자며 쌀밥에 약을 타서 집단 자살했다는 기사를 읽게 된다면 누구든 가엾게 생각하지 않을까요?

어느 나라에 4,500개의 마을이 있는데, 한 마을에서 매일 1명씩 굶주려 죽어 나가 50일 만에 20여 만 명이 아사하게 된다는 소식이 들리면 그게 어느 나라든 돕고 싶은 마음이 생기지 않을까요?

어떤 곳에서는 사람들이 하루 세 끼 옥수수밥을 먹다가 그도 턱없이 모자라 두 끼로 줄이고, 그러다가 소화불량이나 악성

변비가 생기는 옥수수죽, 풀죽, 묵지가루죽, 옥수수 속대나 벼 뿌리 같은 죽을 먹습니다. 그마저 없으면 소나무 껍질로 죽을 끓여 먹는데, 끝내 어린이와 노인을 버리기도 합니다.

이럴 때 우리 돈으로 1만 원을 보내면 중국산 옥수수 20킬로 그램을 사서 한 가족이 한 달간 살 수 있다는데, 그대로 두고 볼 사람이 과연 얼마나 될까요?

지금까지의 내용은 춘궁기인 5~7월에 북한에서 발생할 수밖에 없는 상황을 간략하게 열거한 것입니다.

1995~1998년에 북한에서는 무려 300여 만 명의 사람들이 굶어 죽었습니다. 세계적인 큰 전쟁에서도 이런 참변은 드뭅니다. 그리고 2006년 7월의 대홍수와 2007년 8월의 물난리로 곡창 지대(특히 황해도 일대)의 피해가 심각했습니다. 게다가 핵 실험과 미사일 발사로 유엔의 경제 제제를 받아 외국의 식량 지원이 거의 중단되었고, 중국조차 식량 수출을 통제했습니다. 한국 정부도 식량 지원을 거의 중단했습니다.

2006년부터 북한 내부에서 식량 배급이 중단되자 주민들은 떼기밭을 만들고 화전을 일구었으나, 대홍수 이후에는 그것마저 금지되었습니다. 그 당시 북한은 비축미를 풀어 겨우 위기를 모면했습니다.

언젠가 통일부가 여론 조사를 하면서 "최근 북한이 남한을 계속 비난하고 있는 상황에서 정부가 식량과 비료를 지원하는 게 좋습니까?"라고 질문했습니다. 그 결과, 반대 53.2퍼센트, 찬성 44퍼센트로 반대가 9.2퍼센트 많았습니다. 그런데도 44퍼센트의 국민이 북한에 식량을 지원하자고 한 것은, 우리 국민의 아량과 양심이 너그럽고, 동포애와 이웃 사랑이 넉넉하다는 반증입니다.

나날이 치솟는 유가와 쇠고기 파동, 조류 인플루엔자, 물가 상승 등으로 우리도 힘겨운 상황에, 소수 지배층만 호사를 누리고 군사력 증강에 힘쓰며 거만하게 큰소리만 치는 북한을 굳이 도울 필요가 있느냐는 사람들을 이해하지 못하는 건 아닙니다.

하지만 당장 북한 백성을 살릴 수 있는 나라는 오직 한국밖

에 없으며, 지금 북한을 돕는 것으로 미래의 통일 비용을 어마
어마하게 줄일 수 있다는 사실을 기억해야 합니다. 통일이 되
었을 때, 아니 훗날 우리 후손들과 다른 나라에서, 굶어 죽는
동포를 왜 외면했느냐고 묻는다면 무엇이라 대답하겠습니까.

당장 북한 백성을 살릴 수 있는 나라는 오직 한국밖에 없으며,
지금 북한을 돕는 것으로 미래의 통일 비용을
어마어마하게 줄일 수 있다는 사실을 기억해야 합니다.

거친 돌멩이들도
　　서로 부딪치면

예쁜 조약돌이 됩니다~

지금은 함께 눈물 흘려야 할 때

사람이 많이 모이는 행사 때마다 공중화장실 앞에 여성들이 줄지어 선 걸 보게 됩니다. 그래서 장난기 동한 남성들이 평소에는 남자로 태어난 게 참 부담스러운데 이 순간만은 남자로 태어나길 잘한 것 같다는 농담을 하곤 합니다.

여성의 사회 활동이 많지 않았던 시절에 지은 건물이라면 이해하겠지만, 근래에 지은 건물도 여성용 화장실 수를 늘리지 않고 남성용과 아귀 맞추어 마련한 걸 보면 우스갯소리로 남녀평등 실천가들의 작품이지 싶습니다.

저는 방방곡곡을 다니며 강연하기 때문에 가는 곳마다 화장실을 둘러볼 일이 많습니다. 때로는 화장실이 참 깨끗하고 멋스럽기까지 하다는 생각을 하게 됩니다. 그런데 남성 화장실 소변기 앞에는 특별한 글귀들이 있습니다. 그것을 보고 있노라면 웃음이 쏟아지기도 하고, 누가 저런 상상을 했을까 싶어 고개를 갸웃거리기도 합니다.

"아름다운 사람은 머문 자리도 아름답습니다."

가장 흔히 볼 수 있는 글귀인데 퍽 친근해 보이고 설득력도 있어 보입니다.

좋은 시구(詩句)나 명언이 붙어 있는 곳은 대체로 기업체나 공공기관 화장실이고 '한 발짝 앞으로', '깨끗하게 사용합시다' 따위가 붙은 곳은 공중화장실이기 십상입니다.

그런데 제가 쉽게 납득하지 못하는 글귀를 붙여놓은 곳도 더러 있습니다.

"남자가 결코 흘리지 말아야 할 것은 눈물만이 아닙니다."

저는 이 글귀를 볼 때마다 애교인지 협박인지 헷갈립니다. 다가서서 흘리지 말고 깨끗이 사용하라는 애교 섞인 간청이겠지만, '결코 흘리지 말아야 할 남자의 눈물'에 대해선 인정하기가 어렵습니다.

어려서 늘 듣던 소리가 "사내자식이 울면 못쓴다"는 말이었습니다. '울면 안 된다'가 아니라 '울면 쓸 데가 없는 사내'라는 표현인 셈이었습니다. 어느 정도 철이 들자, 그렇다면 여자는 울어도 되고 남자는 울지 말아야 하는 까닭이라도 있는지 따져보게 되었습니다.

저는 남자도 사람이니 울 줄 알아야 한다고 생각합니다. 옛날 어른들이 강조하는 '울면 못쓰는 사내의 강인한 정신력'을 이해 못하는 건 아니지만, 요즘 같은 때에 남성 화장실에서 재회한 그 한마디가 왠지 시대에 걸맞지 않게 여겨지는 건 저만의 예민함은 아닌 듯합니다.

억지 같아 보이지만 세상이 이리 각박해진 것이 혹여 눈물을 흘리지 않는 남자들의 비정함 때문은 아닐까 하고 생각한 적도 있습니다.

북한 동포가 무수히 굶어 죽는 데도 북한 체제가 밉다며 쌀

한 되 보태는 것마저 꺼리는 모습은 바로 우리의 비정함 때문입니다. 요즘 북한은 인육을 먹을 정도로 궁핍하다는 소식을 들으면서도 우리는 배불리 먹고 허리둘레가 줄지 않는다는 푸념을 합니다. 그리고 한 모금의 맑은 물이 없어 오염된 지하수를 찾아 몇 십 리씩 걸어가다 쓰러져 죽은 아프리카 어린이들을 외면한 채 오늘도 수돗물을 펑펑 쓰고 있지요.

혹시 이웃의 아픔을 알면서도 자신의 즐거움을 자랑하느라 경황이 없지는 않았습니까? 권력과 그 그늘의 덕을 얻으려고 백성들의 고통을 외면하지는 않았습니까? 돈 모으는 일이라면 인면수심이 되어 남의 가슴을 짓밟기를 즐기지는 않았습니까? 명예를 얻기 위해서 거짓과 음모와 교활함과 해코지와 벗하며 교묘하게 세상을 속이지는 않았습니까?

이 모든 것이 눈물 흘릴 줄 모르는 비정한 자들이 우리 시대를 휘젓고 다니기 때문에 생긴 이 시대의 슬픈 자화상 같습니다. 가슴 아픈 일엔 진정으로 아파하고, 감사한 일에는 진심으로 감사하며, 기쁠 때에는 진정으로 기뻐하는 삶이 건강한 삶입니다. 이제 눈물을 흘려야 할 때는 마음껏 흘리십시오.

모두를
위해 어떤 것을
찾겠습니까?

이제 우리는 오른손과 왼손을 두루 사용하는 지혜를 통해 아직도 우리 사회에 남아 있는 진보와 보수의 대립, 동서의 지역 갈등, 남북한 좌우 대립, 세대 갈등, 남녀 차별, 빈부 격차, 노사 갈등 등을 녹이는 세상을 만들면 좋겠습니다.

왼손을 인정하는
오른손의 마음으로

　오른손잡이가 오른손을 다쳐 사용할 수 없을 때 불편한 점은 한둘이 아닐 것입니다. 숟가락으로 밥 떠 넣기는 그런대로 괜찮겠지만 젓가락질을 하기는 보통 고역이 아닐 수 없습니다. 글씨 쓰기는 물론이고 컴퓨터 마우스를 다루기도 수월한 게 아닙니다. 당연히 세수하고 면도하는 일도 만만치 않겠지요.

　한국인들이 유달리 오른편을 선호하는 까닭을 생각해 보았습니다. 한국인의 대다수는 오른손잡이입니다. 생활용구 대부분도 오른손잡이를 위해 제작됩니다. 하지만 이런 실질적인 것

말고도 한국 사람들은 오른편을 바른편이라고 인식하는 묘한
선입견을 가지고 있습니다.

　제가 어릴 적엔 오른쪽을 바른쪽, 오른손을 바른손이라고 표
현했습니다. 어쩌면 해방 공간사와 한국전쟁 후유증으로 우익
과 관계된 것은 무조건 옳고 좌익과 관계된 것은 그른 것으로
인식했을지도 모릅니다. 종교적 그림에서도 악마와 같은 나쁜
것은 왼쪽에 배치하고 더러운 것으로 인식하고 표현한 경우가
많았습니다.

　다른 나라의 상황도 크게 다르지는 않습니다. 전 세계 인구
중 15퍼센트 정도가 왼손잡이로 알려져 있습니다. 라틴어에
서 왼손잡이는 재수 없거나 배신을 뜻하는 의미로 사용되고
있지요.

가로쓰기를 하는 데 오른손잡이가 훨씬 유리하다고 생각하

는 건 오른손잡이의 착각입니다. 왼손잡이도 가로쓰기를 하면서 아무 불편이 없다는 걸 모르고 있을 뿐이지요.

과학자들의 연구에 따르면, 인간에게 특별하게 발달한 언어 중추가 있는 좌뇌는 언어적·시각적·논리적·분석적·이성적·디지털적이며, 우뇌는 비언어적·시공간적·동시적·형태적·종합적·직관적·아날로그적 특징을 갖고 있다고 합니다. 쉽게 풀어보면 오른손잡이는 좌뇌가 발달하게 되어 말하고 읽고 쓰고 추리하는 데 유리하고, 왼손잡이는 우뇌가 발달하게 되어 원근의 감각, 창의성, 음악성, 직감이 강하게 발달하는 것입니다.

천재는 우수한 두뇌를 타고나는 게 아니라 두뇌를 효율적으로 사용하는 사람이라고 하니, 굳이 한쪽에 집착할 것이 아니라 좌뇌나 우뇌를 모두 발달시키는 편이 유리할 것입니다.

요즘 초등학교에서 19단 열풍이 불고 있다고 합니다. 그렇지만 저는 19단 외우기보다 먼저 우리 아이들에게 오른손과 왼손을 두루 쓰는 연습을 시켰으면 합니다. 좌뇌와 우뇌를 동시에 발달시킬 수 있는 데다, 좌우를 동시에 인식하는 지혜를 가르치는 좋은 방법이라 생각하기 때문입니다.

'충돌의 미학'이라는 말이 있습니다. 서로 부딪쳐서 더 아름답거나 좋은 것을 만들어내는 작용을 의미하지요. 거칠게 깨뜨린 돌멩이를 한데 넣어 계속 충돌시키면 모난 부분은 부서지고 결국 예쁜 조약돌이 됩니다. 보석을 가공할 때 원석과 도구가 충돌해서 영롱한 광채를 발하는 보석이 만들어지는 것도 같은 원리입니다.

질병과 의술이 충돌하여 환자의 고통이 소멸됩니다. 문명의 가치 창조, 예술적 승화, 인간애의 따뜻한 모습도 그렇게 이루어진 것들입니다.

이제 우리는 오른손과 왼손을 두루 사용하는 지혜를 통해 아직도 우리 사회에 남아 있는 진보와 보수의 대립, 동서의 지역 갈등, 남북한의 좌우 대립, 세대 갈등, 남녀 차별, 빈부 격차, 노사 갈등 등을 녹이는 세상을 만들면 좋겠습니다.

신체 기관 중, 좌우로 나누어진 것에는 눈, 콧구멍, 귀, 손,

발 등이 있습니다. 그렇지만 두 개라도 어느 한쪽이 고장 나면 큰 불편을 감수할 수밖에 없습니다.

걸핏하면 좌파니 수구 세력이니 하며 다투고, 동쪽에 사는 것이 어떠하고 서쪽에 사는 것이 어떠하다는 식으로 서로 비난하며, 나이가 들어 고리타분하다느니 젊어서 안하무인이라고 얼러대는 충돌의 해악이 팽배하는 사회는 발전하기 어렵습니다. 지금 우리가 있는 이곳이 왼손이든 오른손이든 둘 다 틀린 것이 아니라는 사실을 인정하는 사회이면 좋겠습니다.

청렴과 검소의 미덕

대한민국에서 출세하려면 고향을 잘 타고나거나, 학교를 잘 나왔거나, 혈연을 잘 타고났거나, 그도 아니면 손금이 닳도록 아부하는 기술을 터득해야 한다는 비극적인 유행어가 아직도 통용되고 있습니다.

그래서인지 국민들은 출세한 사람들의 진정성을 믿으려고 하지 않습니다. 오히려 출세한 사람들을 기회주의자, 아부의 달인, 권력의 세습자, 비리의 온상, 간특한 재주꾼으로 취급하곤 하지요.

정치인에 대한 국민들의 생각도 크게 다르지 않습니다. 한 지역의 단체장에 당선되는 순간, 그 사람은 곧 비리 예비군 취급을 받습니다.

너무 지나친 처사가 아니냐고요? 전례가 그 까닭을 설명해 줍니다. 민선 4기만 살펴보아도 기초단체장 230명 중에 무려 41퍼센트인 94명이 기소되었으며, 광역의원 10퍼센트, 기초의원 20퍼센트가 임기 중 비리 혐의로 처벌 받았습니다. 이들은 대한민국에서 가장 비리가 돋보이는 범죄 집단으로 전락해 버렸지요.

국민의 대표로 세워둔 국회의원들이 각자 자기 잇속 챙기기에 바빠 보입니다. 국회의원들에게 거짓말 탐지기를 들이대면 어떤 대답으로 나올까요? 각 정당에 청진기를 갖다 대면 어떤 소리로 쿵쾅거릴까요?

항상 나라와 국민을 배려하고 미래를 걱정하며 국토의 균형 있는 발전과 조화를 염려해 애쓰고 있다는 대답이 나올 수 있을지 모르겠습니다. 하지만 과연 그 대답이 오로지 백성을 사랑하는 마음에서 나온 생각이라고, 결코 이것으로 사사로이 이익을 추구하지는 않는다고 장담할 수 있을까요.

　왜 이렇게까지 되었을까요? 단체장과 의원들의 비리가 연이어 적발될 때, 남들은 검은돈을 잘도 챙기는데 저는 바보처럼 왜 이 모양일까 하는 자괴감이 또다른 비리를 낳게 됩니다.

　출마했을 때는 분명 '을'이었는데 당선되면 갑자기 '갑'으로 둔갑하는 게 권력의 속성입니다. 주민들에게 한 표를 애걸하고 호소하던 단체장 후보 '을'은 당선되자마자 각종 인허가권, 예산 편성권, 인사권을 틀어쥔 '갑'이 되어 언제 그랬냐는 듯 떵떵거리게 됩니다.

　마찬가지로 주민들의 머슴을 자처하며 한 표를 읍소하던 지방의원 후보 '을'도 지방의회의 예산 승인권, 조례 제정권, 행정 사무 감사권을 내세운 '갑'이 되어 권력을 누립니다.

　이런 모습은 중앙 정치 쪽도 크게 다르지 않습니다. 국회의 가장 큰 기능인 법 제정, 예산 결산, 국정 감사만 살펴보아도 국회의원들은 법안 제출에 인색하고, 예산 결산에는 무능하며, 국정 감사에는 권위적입니다. 국회의원의 근본인 의정 활동을 외면하고 신분 상승에만 탁월한 솜씨를 뽐냅니다.

하지만 정치인들은 백성을 '을'로만 알았다가는 언젠가는 크게 후회할 것임을 기억해야 합니다. 사마귀가 제 분수를 모르고 수레한테 덤벼드는 당랑거철(螳螂拒轍)의 격이니 분명히 크게 혼이 날 것입니다.

가까이는 지난 지방선거 때에도 국민들의 마음이 돌아서면 얼마나 매서운지 그대로 드러났지요. 높은 위치에 설수록 백성들이 거대한 수레임을 늘 마음에 담고 있어야 합니다.

『동몽훈』에서는 "벼슬살이 잘하는 비법이 오직 세 가지가 있으니 청렴과 신중과 근면이다"라고 했습니다.

그리스어로 잡티 없는 순수함을 뜻하는 '카타로스(katharos)'는 청렴을 의미하기도 하는데, 이는 깨끗이 씻어냄을 뜻하는 '카타르시스(katharsis)'와 어원이 같습니다. 동서양을 막론하고 올바른 삶을 영위하는 데 있어서 청렴은 늘 필요한 덕목이었습니다.

또한 위정자라면 신중함을 갖춰 사리분별을 거울과 같이 분명하게 하며, 자신에게 주권을 맡긴 국민을 위해 일해야 합니다. 그리고 공과 사를 명확히 하여 고위 국회의원의 수족 노릇을 하지 않으며, 정파의 이익을 앞세우지 말아야 합니다. 그리고 늘 '청렴'함을 마음에 품고 사리사욕을 멀리 해야겠지요.

스스로 이념의 틀에 묶여 노예가 되지 않고, 국민의 돈을 결코 함부로 다루지 않으며, 임기 내내 자신을 지켜보는 국민의 시선을 잊지 말아야 하고요.

근면이란 백성을 끝까지 '갑'으로 섬기는 성실함입니다. 공직자가 지켜야 할 신의의 바탕은 백성과의 허심탄회한 소통에서 비롯됩니다. 4년 임기 동안에 할 수 있는 일이 많은 듯하지만 적고, 적은 듯하지만 많을 수밖에 없습니다. 출마했을 때의 공약 중 주민들로 하여금 우선순위를 매기게 하여 그것을 먼저 실천하는 데 힘써야 합니다. 위정자가 세상의 소리에 귀를 닫고, 상황에 눈을 감는 것만큼 위험한 일은 없습니다.

또한 아침부터 저녁까지 국민을 위해 발품을 팔되, 벼슬자리를 앞세워 권위를 팔거나 욕심을 채우고 다녀서는 안 됩니다. 무릇 자신을 낮추고 겸손하면 덕이 쌓일 것이니 절로 백성들을 성심껏 받드는 벼슬아치가 될 것이요, 청렴하고 검소하면 복을 받게 되나니 백성들에게 절로 칭송 받게 됨을 한시도 잊지 말 았으면 합니다.

우리가 있는 이곳이 왼손이든 오른손이든
둘 다 틀린 것이 아니라는 사실을
인정하는 사회이면 좋겠습니다.

나를 사랑하듯
남을 아끼는 것이
진정한 자존심입니다

고통의 세월을
보듬어줄 사람

　정부의 되풀이되는 인사 파동을 지켜보면서 문득, 헌정사상 좋은 평가를 받는 대통령이 한 명도 없다는 뼈아픈 현실이 떠올랐습니다.

　부동산 투기 의혹을 받았던 어떤 장관 내정자는 "자연의 일부인 땅을 사랑할 뿐"이라고 자신을 두둔했습니다. 그런 식으로 말한다면 남의 물건을 훔친 도둑은 얼마나 할 말이 많겠습니까. '재물의 일부인 이 물건을 사랑할 뿐'이라고 우기면 어찌 용서하지 않을 수 있겠냐는 말입니다.

대통령이 갖는 절대 권력을 보호하기 위해서는 대통령의 좌우에서 불쏘시개나 소모품같이 그의 비위만 맞추는 정치인이 필요하다는 잘못된 생각이 퍼져 있나 봅니다. 그래서 대통령과 정권 앞에서 '노(NO)'라고 말할 것 같은 인재는 아예 기용하지 못하게 하는 여당의 충성 경쟁이 벌어지기도 합니다. 내가 선택한 인물이 '노'를 외치다니, 이것은 마치 축구 경기에서 '자살골을 넣는 것'과도 같을 테지요.

그렇지만 동서고금을 막론하고 실패한 지도자나 참모에게는 반대파와 비판자를 포용하지 못했다는 공통된 특징이 있습니다. 성공한 지도자들은 삼고초려를 해서라도 적진에서 탁월한 인재를 발굴해 오려고 했지만, 초라한 평가를 받는 지도자들은 대부분 듣기 좋은 말만 골라 하는 간신들을 가까이 두었지요.

인사가 만사라고 할 만큼 중요한 일인데도, 현 정부는 내각 인사 조직이 고소영(고려대, 소망교회, 영남 출신), 강부자(강남의 땅 부자)로 희화될 정도로 그 결과는 실패였습니다.

대통령은 취임사에서 "이념의 시대를 넘어 실용의 시대, 투쟁의 시대를 넘어 동반의 시대"를 주장했습니다. 하지만 부동산 투기, 군사 독재 정권에 대한 아부, 자녀들의 이중 국적, 세금 누락, 경력 조작, 논문 표절, 훈장 반납 파문 등이 과연 그가 주장했던 실용주의 노선인지 되묻지 않을 수 없습니다.

역대 대통령들이 실패한 대통령으로 각인된 이유가 잘못된 측근 인사 파동으로부터 시작되었다는 것을 역사적인 교훈으로 삼아야 합니다. 이승만 정권의 이기붕, 박정희 정권의 차지철, 전두환, 노태우 정권의 군부 측근들, 김영삼 정권의 김현철, 김대중 정권의 김홍업, 노무현 정권의 386 측근들이 그러했지요.

혹여라도 이명박 대통령이 자본주의적 시장 중심주의에 입각하여 재산의 축적이 미덕이라는 단순한 사고 때문에 인사 풍파를 일으킨 게 아닌가 하는 걱정이 앞섭니다.

물론 일부에서는 격변기를 살아온 인재들이 갖는 어느 정도의 흠결은 이해해 줘야 한다는 의견을 내세우기도 합니다. 그렇지만 과연 무엇을 위해 정부가 필요한 것인지 기억해야 합니다. 가장 중요한 것은 아등바등 살아온 국민들의 고통의 세월을 누가 보듬어줄 것인가를 고심하는 일입니다.

처음에 대통령이 약속했듯 국민을 진정으로 섬기려면 오직 국민에게만 무릎 꿇고, 국민의 목소리에만 귀 기울여야 합니다. 이를 지켜 현 대통령이 부디 우리 역사상 최초로 성공한 대통령이 되면 좋겠습니다.

물은 언제나 높은 곳에서 낮은 곳으로 흐릅니다

소백산 깊은 골에 해맑게 흐르는 실개천 물로 목을 축이면 금세라도 온몸이 산소 덩어리가 된 듯했습니다. 노승은 흐르는 물을 보고 왜 흐르느냐고 물었습니다. 무어라 대답할 말이 마뜩찮아 그냥 웃었습니다.

"이놈아, 땅이 비뚤어졌으니 흐르지."

노승의 이 한마디에 참 많은 걸 깨닫게 되었습니다. 그렇습니다. 땅이 비뚤어지지 않고 평평하다면 어찌 물이 흐를 수 있겠습니까. 물도 그러한데, 인간사는 오죽할까요? 그런데도 우리들은 매사에 평형만 고집하는 것을 정도라고 생각하는 듯합니다.

광복 이후 대한민국의 가장 큰 숙제와 화두는 항상 북한과 관계된 문제였습니다. 꼭 뜨거운 물잔 같아서, 놓자니 깨질 것 같고 끌어안자니 델 것 같은 존재였지요. 누구라도 명쾌하게 해법을 제시하기도 어려운 일이었습니다.

근래에 북핵 문제가 최대 현안으로 떠올랐지만, 국민은 의외로 담담하게 받아들이는 눈치입니다. 옛날 같으면 식료품과 생필품 사재기로 세상이 시끄러웠을 텐데 말입니다.

미국 대통령과 고위 정책 당국자들이 연일 대북 강경 발언을 쏟아놓으며 북한을 윽박지르고 있는데도, 한국 국민들은 개의치 않는 듯합니다.

일부 서방 언론은 미국이 머지않아 북한을 공격할 것을 기정사실화하기도 했습니다. 미국이 이라크에서 군대를 한발 빼고 나면 다음 공격의 대상은 북한이 될 수밖에 없다는 예측도 나돌고 있지요. 한국군의 이라크 파병을 반대한 속사정은 이라크 침공의 다음 수순이 북한일 거라는 신빙성 있는 논거 때문이기도 했습니다.

사실 세계의 많은 사람들이 이라크를 침공한 미국을 비판하고 있습니다. 이라크가 소유한 대량 살상 무기 때문에 이라크를 침공할 수밖에 없다고 했지만, 이라크 전역을 샅샅이 뒤져도 대량 살상 무기는 찾아내지 못했습니다. 미국의 속셈은 다른 데 있었다는 것이 드러난 셈입니다. 그 탓에 미국은 도덕적 패배자로 전락하고 말았습니다.

북핵 문제 역시 미국의 잣대로 분석하고 미국의 잣대로 재단하려 한다는 데 의문을 던지지 않을 수 없습니다. 묵은 필름을 돌려볼 필요도 없이, 미국이 자국의 이익을 위해 행동할 건 뻔한 이치이자 역사적 사실입니다.

만약 미국이 북한을 공격한다면 한반도에 어떤 일이 일어날까요?

북한의 무기와 병력은 대부분 남쪽으로 배치되어 있으니, 공격당하는 즉시 북한군은 남쪽을 공격할 것입니다. 사태가 빠른 시간 안에 수습된다 해도 한국 현대사는 치명적인 피해를 기록하게 될 것입니다.

그리고 많은 전문가들이 북한이 미국의 공격을 받을 경우,

북한 정부는 남북통일이 아닌 중국에 흡수되는 편을 택할 것이라 예측합니다.

이러한 상황에서 북한에 대한 정부 차원의 지원을 비판하는 것이 과연 옳을까요? 북한의 절대 빈곤을 조건 없이 도와주는 것이 통일 비용을 엄청나게 줄일 수 있다는 사실을 염두에 두어야 합니다.

우리는 지금보다 담대하게 북한 문제에 대응하는 지혜를 발휘해야 합니다. 북한이 자력으로 식량을 해결하고, 자력으로 경제를 부흥시키고, 안정적인 외교력을 발판으로 미국과 타협할 수 있도록 도와주는 것이 우리에게도 유익한 일임을 자각해야 합니다.

남과 북의 관계에서 평형만을 유지하려 하면, 결코 통일을 앞당길 수 없습니다. 어떤 상황에서도 전쟁이 옳은 일일 수는 없습니다. 지금은 평화 공존이 우선이고, 어느 한쪽이 기울어져 물이 자연스레 흐를 수 있게 해야 할 때입니다.

현재로서는 북한에서 남쪽으로 기울어지는 것보다 남한에서 북쪽으로 기울어지는 것이 순리겠지요. 물은 언제나 높은 곳에서 낮은 곳으로 흐르기 때문입니다.

당신이 있어 살맛납니다

혹시 오늘 하루도 절망 속에서 보내진 않았습니까? 당신의 심장은 하루에 10만 번씩 뛰고 있고, 당신에겐 하루에 5만 가지나 생각할 수 있는 초능력이 있습니다. 도대체 세상에 두려울 게 무엇인가요?

인디언 격언에 '어떤 말을 1만 번 이상 되풀이하면 언젠가 반드시 그것이 이루어진다'라는 말이 있습니다. 내 희망사항을 상상만 하고 그친다면, 그것은 그냥 소망일뿐입니다. 절실하게 원해야만 바라는 걸 얻을 수 있습니다. 당연히 큰 걸 원하면 더욱 절실히 바라야겠지요.

나 혼자만 그것을 원하는 게 아닙니다. 남도 내가 이루고 싶은 걸 간절히 원하기 때문에 더 절실한 마음을 갖는 사람이 그것을 차지하게 됩니다. 세상에 거저 얻는 것은 하나도 없습니다. 뭔가를 얻거나 성취하려면 반드시 그만한 대가를 치러야만 합니다.

풀을 베면 은은한 향이 풍기는 것은, 풀잎의 상처에서 향기가 나기 때문입니다. 인생도 마찬가지입니다. 시련과 아픔과 실패와 좌절이라는 고비를 넘어야 합니다. 시련은 사람을 빛나게 할 뿐만 아니라 향기롭게 만듭니다.

몸에 있는 60조 개나 되는 세포가 각기 다양한 활동으로 우리를 살아있게 합니다.

이렇게 귀하고 장엄한 존재가 "그까짓 일에 질질 끌려 다니고 주눅 들어서야 되겠습니까?"

태어난 것만으로도 엄청난 기적입니다. 지금까지 살아있는 것만도 기막힌 기적이고요. 기적은 극소수에게만, 아주 남다르게 일어나는 것이라는 착각 때문에, 지금 이 순간이 기적인 줄 모르는 것입니다. 내가 원하는 게 하나라도 이루어진다면 그게 곧 나의 기적입니다.

　그냥 '남들 다 하는 거니까'라고 생각하면 하나의 현상에 불과하지만, 기적이라고 생각하는 순간 모든 게 달라질 것입니다. 온몸의 세포가 춤을 추고 노래하며, 절로 건강해집니다.

　한 번밖에 못사는 인생 당당하고 신나게 살아야 합니다.

2011년 3월

**김홍신
인생사용설명서
두 번째 이야기**

초판 1쇄 2011년 3월 25일
초판 8쇄 2021년 3월 25일

지은이 | 김홍신
펴낸이 | 송영석

펴낸곳 | (株)해냄출판사
등록번호 | 제10-229호
등록일자 | 1988년 5월 11일(설립일자 | 1983년 6월 24일)

04042 서울시 마포구 잔다리로 30 해냄빌딩 5 · 6층
대표전화 | 326-1600 **팩스** | 326-1624
홈페이지 | www.hainaim.com

ISBN 978-89-6574-308-8

파본은 본사나 구입하신 서점에서 교환하여 드립니다.